# 거리를 두는 사람들

상처받지 않을 만큼

# 거리를 두는 사람들

**글_** 손 씨(손동현)

초판 1쇄 발행_ 2020. 05. 07.
초판 3쇄 발행_ 2020. 05. 18.

**발행처_** 삶과지식
**발행인_** 김미화
**디자인_** 다인디자인(E. S. Park)
**편집_** 박시우(Siwoo Park)
사진_ Shutterstock, Hanjiye

**등록번호_** 제2010-000048호
**등록일자_** 2010. 8. 23.

서울특별시 강서구 강서로45라길 55-22
**전화_** 02)2667-7447
**이메일_** dove0723@naver.com

ISBN 979-11-85324-49-4  03810

이 도서의 국립중앙도서관 출판예정도서목록(CIP)은 서지정보유통지원시스템
홈페이지(http://seoji.nl.go.kr)와 국가자료공동목록시스템(http://www.nl.go.
kr/kolisnet)에서 이용하실 수 있습니다.(CIP제어번호: CIP2020018530)

# 거리를 두는 사람들

상처받지 않을 만큼

손씨 산문집

삶과지식
Life and Knowledge Publications

나를 떠나,
지금의 나를 존재하게 한
모든 이들에게.

# prologue

:

혼자되는 것이 두렵거나
혹은 그 방법을 모르거나.


서른까지는 몰랐습니다.
거리를 두는 것에 대해.
그리고 내 무엇에 사람이 떠나는지
떠나려는 사람을 왜 그렇게 놓지 못하고
나 자신을 낮춰가며 관계를 유지하려 했는지
그럴수록 왜 더 멀어지는지
올바른 관계란 도대체 무엇인지
그리고 어떻게 해야 이 외로움에서 벗어나 자유로워질 수 있는지
과연 관계에서 자유롭고 편안해질 수는 있는 것인지
그 여유는 어디서 나오는지


살다 보니 이 모든 것은 거리를 두는 것에 있었습니다.
사람 사이 거리라는 것은. 너무 가까우면 부담이 되고.

너무 멀면 식어버리는 불과 같았습니다.

심지어 형제자매에게도, 부모와 자식 간의 관계에도 필요했습니다.

애석하지만 너무 가까워진 사이는 이제 멀어지는 일만 남게 됩니다.

그건 서로가 몰랐던 사이보다 못한 일입니다.


하지만 저는 믿어보려 했습니다.

'이번엔 다를 거야'라며 거리를 좁혔던 사이는

결국, 부담이 자리 잡았고, 그러지 말자니 무늬만 친한 사이 같았습니다.

나이를 먹으니 친구 사이에도 예의를 갖춰야 했습니다.

어릴 때와 달리 지나친 농담이나 자존심을 건드리는 실수를 하게 되면 그 사이는 금이 생겨 좀처럼 좁히기가 힘들었습니다.

인간관계에 지쳐버리니, 이제 저에게 믿을 건 사랑뿐이었습니다.

사랑은, 유일하게 거리를 좁혀도 되는 관계라 여겼기 때문입니다.

하지만, 내 마음을 주면 줄수록, 세상 오로지 그 사람만을 위한 삶을 살아갈수록

사랑은 화려한 개막과는 달리 초라하게 막을 내렸습니다.

결국, 그건 혼자 무대에 서지 못하는 삶이었습니다.

인생이라는 삶의 무대에 홀로 설 자신이 없어

늘 상대 배우에게 의지했던 연극처럼

결국, 실패로 끝나고 말았습니다.

• • •

'외로워지지 않으려는 사람들'은
마치 구애 활동을 하는 화려한 새들처럼, 과시합니다.
돈을 과시하거나, 인맥을 과시하거나, 외모를 과시하거나
지금 사랑하는 사람을 앞세워 자랑하거나
하지만, 그 과시는 사실 결핍을 나타내는 것이었습니다.
돈을 과시하는 사람은 돈으로 사람의 마음을 얻으려 했고
인맥을 과시하는 사람은 사실은 관계가 불안하거나
주변에 믿을 만한 사람이 없었던 것입니다.
또 외모를 과시하는 사람은, 관심이 절실히 필요한 사람이었습니다.
마지막으로 사랑하는 상대를 과시하는 사람은, 불안한 지금 이 사
랑을 지키려 애쓰거나
지난 사랑에 대한 복수도 담겨 있었습니다.
결국, 혼자서는 행복하지 못한 사람들이었고,
그런 혼자로부터의 도피는 늘 실패로 끝나고 말았습니다.
도망친 곳에 낙원은 없었기 때문입니다.


전 이 모든 관계의 해결책은 '이제 상대에게서 얻는 행복을 단념하고
한 번쯤은 시도한 적 없는 적당한 거리를 두고 자립해 보는 것'이라

생각합니다.

이 글을 쓰는 저도 아직 거리를 두는 것이 어렵습니다.

하지만 우주의 행성이 적절한 거리를 두고, 태양과 지구가 공존하듯
이제는 제 적절한 위치에서 건강한 외로움을 사람 사이에 두고 살아
가려 합니다.

아쉽지만 거리를 두어야 했던 서투른 인간관계에 대해서
미숙한 한 인간이 사람을 만나 겪게 되는 일상을 이야기하려 합니다.
이 글을 읽는 당신이 지금 관계에 지쳐 무기력하다거나
외로움을 겪고 있다면 이 책을 빌려 외로움에서 조금이나마 벗어나
길 바랍니다.

거리를 둔다는 것은,
내 코앞을 가로막고 있던 사람에게서 물러나,
더 넓은 시야를 갖게 된다는 말이다.

더 넓은 세상을
더 많은 사람을 만날 수 있는
계기가 된다.

사람을 '시절인연時節因緣'이라 했다.
어느 시기에 적당한 누군가를 만나
한 시절을 보내고,

다른 인연을 만나
또 한 시절을 나는 것처럼 말이다.
마치 계절이 바뀌는 것에
이유 없는 것처럼.

# Contents

#02
___
Chapter

세상에는 차라리 마주치지 않는 관계가
최선인 관계도 있다.

#01
___
Chapter

달과 지구가
적당한 거리를 두고 공존하듯이

겨울이면 이모가 제주도에서 귤을 보내주시는데. 그런 귤을 베란다에 쟁여놓고는 손톱이 노래지고. 얼굴에 황달기가 돌도록 부지런히 먹습니다. 참 희한한 게. 그렇게 열심히 먹어도 며칠 지나지 않아 귤이 썩는 것을 보게 돼요.

보름 밖에 안 된 것 같은데…… 베란다에 둔 게 온도가 높아서 그런 것도 아닐 텐데 말이죠.

인터넷에 검색해봤더니 귤끼리 오래 붙어있으면 '에틸렌 가스'가 표면에서 나와 썩는다는 것을 알게 됐어요. 그래서 따로따로 떨어뜨려 놓아야 한다는데. 저 많은 걸 어떻게 하지? 하다 버리려던 계란판 위에 올려놓으면 되겠단 생각이 들었어요.

해서 하나씩 귤을 올려놓는데. 귤에서도 거리가 필요하다니…… 하는 생각에 웃음이 났어요.

참…… 우습다 하면서도 그렇지 맞아 혼잣말해가면서.


귤의 시련

## 인간관계에서 연연하지 않는 법

축의금은 5만 원만 한다. 그게 내 철칙이다. 보통 친한 친구에게는, 많게는 50만 원 적게는 10만 원을 할만도 한데, 나만의 철칙으로 아무리 친한 친구여도 5만 원, 썩 가깝지 않거나 친구의 동생이어도 5만 원, 친척이나 회사 동료인 경우에도 5만 원이다. 서울에서 지방까지 아주 먼 거리를 가도 5만 원, 내가 사회를 봐줘도 5만 원을 낸다. 단, 친한 사이는 따로 살림을 사주는 거로 마음을 더한다.

이러한 방식으로 정한 이유는 내 나름 섭섭하지 않을 금액이라는 생각에서다. 여기서 중요한 건 상대가 섭섭하지 않을 금액이 아니라, 내가 섭섭하지 않을 금액이라는 것이다. 나는 갔지만 내 결혼식에 오지 않아도 내가 섭섭하지 않을 금액. 그저 5만 원은 관계에 대한 투자라 여긴다.

사람들의 관계가 틀어지는 이유 중 대부분은 "내가 너에게 어떻게 했는데 이런 식이냐?" "내가 돈 벌 때는 주위에 있더니, 없으니 다 떠나더라." "잘해줘 봤자 아무 소용없다." 주로 이런 식이다. 내가 준 만큼 받질 못하니 스스로 실망해서 거리가 생기는 것이다.

물론 나도 겪어봤기에 내 나름의 기준으로 생긴 그 5만 원. 인간관계에서 '내가 서운해 질만큼은 주지는 말자'라는 뜻이다. 이것도 너무 계산적이란 생각이 들지만 달리 방도가 없다. 혼자 실망해 SNS 팔로우를 끊고 나쁜 놈이라 혼자 속앓이하는 것보단, 이런 방법으로 거리를 두는 것이 더 이롭단 생각이다.

## 거리를 두는 사람들

사람들이 '거리를 둔다'고들 하는데,
거리를 둔다는 것은 도대체 어떻게 하는 것일까?
먼저 연락을 하지 않는 것일까?
아니면 먼저 손 내밀지 않는 것일까?
그것도 아니면 아무도 믿지 않는 것일까?

내 오랜 고민 끝에 답은,
그저 그 사람에게 걸었던 '기대를
내려놓는 일'이라고 생각한다.
사람들은 관계를 맺을 때
득과 실을 따지며 무의식적으로 상대에게 기대를 건다.
내 결핍을 채워줄 대상으로…….

술을 좋아하는 친구와는 술을 마시고,
여행을 좋아하는 친구와는 여행을 가듯이
관계란 어느 정도 필요에 따라 이어져 있고
스스로도 상대에게 배역을 정해놓는다.

하지만 상대가 그 기대를 채워주지 못할 때
나에게 거리를 둔다고 착각하는 것이다.
어떠한 계기로 인해 술을 멀리할 수도 있고,
여행을 미뤄두고 자기계발에 집중할 수도
있는 것인데 말이다.

내가 딱 서른이 되던 해, 2015년 1월 1일을
기점으로 술을 잠시 끊었다.
건강이 많이 안 좋아져서 몸 관리를 해야 했다.
마음먹고 술을 끊었더니 술 하나 끊었을 뿐인데
술잔을 기울이며 SNS에서 '브라더~'라며 친분을
과시했던 사람들 중 낮에 만나 차를 마실 수 있는
사람이 없었다.

즉, 지금의 인간관계는 계산적이지만 필요에 따라
이어져 있다는 사실이다.
나이를 먹을수록 시간은 빨리 흐르고,
몸은 빨리 지치며, 내가 하기 싫은 일은 죽어도 하기
싫기에, 그 시절 그때마다 관심사가 맞는
사람과 잠시 스칠 뿐이다.

단지 이 냉혹한 사실을 받아들이고,

사람에게 거는 기대를 내려놓을 필요가 있다.
다시 처음으로 돌아가 '거리를 둔다'라는 말을
되짚어보면 영원히 풀리지 않을 것 같던,
관계로부터 자유로워질 수 있는 문제의
유일한 답이 아닐까 싶다.

## 나만 빼고 행복한 사람들

계륵鷄肋 이다. SNS를 보면 남들은 이리 친구도 많고, 여행도 잘 다니고, 잘들 사는데……. 침대에 누워 핸드폰만 보고 있으면 갑자기 우울감이 밀려온다. 나이도 많아 보이는데 저 사람 주변에는 친구들도 많고, 연예인도 아닌데 생일파티는 성대하게 여는 걸 보면, 내가 생각하는 '양보단 질'이란 인간관계의 개념이란 게 혹 내 처지를 합리화하려는 건 아닐까 하는 생각이 든다.

이렇게 상대적 박탈감을 선물하는 SNS를 지워 버리는 것이 내 정신건강에 좋지 않을까 싶은데, 막상 이 SNS마저 없으면 우울해질까 봐, 정말 세상과 단절될까 봐, 지우지도 못하겠다.
정말 아이러니하게도 보기 싫은 걸 보면서 스스로가 고통받는 것이다.

직장을 관둔 후 서울 생활을 잠시 정리하고 시골로 내려왔다. 어떤 운동이든 좀 배워볼까 하다. 누나가 "너 아직도 물에 못 뜨냐? 수영 한번 배워봐 가까운 데 수영장 있잖아."라고 해서 '그래 이참에 수영이나 배워보자. 이럴 때 아니면 언제 배우겠나?' 싶은 생각이 들었다. 서울에서는 수영장도 멀거니와 체력소모가 크기 때문에 직장을 다니면서 수영을 한다는 게 엄두가 나지 않았다. 마침 쉬고 있으니 '이때가 기회다. 아직 수영을 못한다는 것은 수치다!'라는 생각에 수영을 배우기로 했다.

오전 10시 반에 초급반 수업이 있다고 해서 미리 도착해 몸을 풀고 있었다. 이른 시간이라 그런지 사람이 별로 없었다.

혼자 발만 담그고 멀뚱멀뚱 기다리고 있으니, 코치 선생님이 다가오셔서 "수영은 한 번도 안 해보셨어요?"라고 물었다. "그냥 계곡이나, 머리까지는 안 잠기는 물 높이의 수영장에서는 해봤는데, 아직 깊은 물에 떠 있는 건 못해요."라고 대답하니 "아 그러시구나. 그럼 잠시 한번 들어와 보세요. 제가 기본적인 것만 수업 전에 미리 알려드릴게요."라고 하셨다. 선생님은 물에 첨벙하고 들어가서는 너무 평온한 표정으로 물속에서 둥실둥실 떠 있었다.

"깊은 물에서 떠 있으려면 팔과 다리를 숫자 8을 그린다는 생각으로 계속 움직여야 해요. 그래서 체력이 많이 필요하죠."

· · ·

많이들 '보이지 않는 노력'을 백조의 발에 비유하곤 한다. 백조는, 고귀하고 우아한 모습으로 물 위를 미끄러지듯 떠다니는 모습과는 달리, 물속에서는 물에 떠 있기 위해서 필사적으로 발을 움직여야만 한다. 사람들은 SNS에 그런 백조와 같은 사람들의 겉모습만 보고서는 나는 불행하다 착각하고 사는 것 같다. 지금까지 살아오면서 깨달은 사실 하나는 완벽한 것은 없다는 것이다. 사람마다 각자의 이유로 결핍이 존재하기 때문에. SNS를 놓지 못하는 사람들의 마음 한편에는 인정받고 싶은 욕구가 있고, 그 통로가 SNS가 아닐까 싶다. 정신과 의사들은 그 욕구를 건강한 욕구라고 칭한다. 인정받고 싶은 것은 자연스러운 욕구이기 때문에. 나 또한 SNS가 나쁘다고는 생각하진 않지만. 단 한 가지 기억해야 할 것은 남의 행복으로 인해 상대적 박탈감을 느낄 필요가 없고, 내 행복으로 남에게 상대적 박탈감을 주려고 해서는 안 된다는 것이다. 모든 과하면 하지 않는 것만 못하다. 어디까지나 내 표현의 자유. 딱 거기까지 말이다. 가끔 백조처럼 아름답고 행복해 보이던 연예인이 자살하는 일들이 발생한다. 그들 역시 SNS에서는 누구보다 행복해 보였는데 말이다.

선생님은 말했다 "물에 한 번 들어와 보세요. 떠 있는 것 해볼 수 있겠어요? 생각보다 간단해요." 나는 물에 들어가 쉴 새 없이 팔과 다리를 저었다. 락스 냄새가 코를 찌르고, 코와 입에는 물이 들어와서 정신이 없었다. 당황했지만 필사적으로 다리를 차올리니 머리만 둥둥 뜨게 됐다. 그때 선생님이 말했다.

"맞아요! 아주 잘 하시네요. 좋아요!"
좋아요?

행복해지고 싶은 건지.
행복해 보이고 싶은 건지

아니면,

날 떠난 사람들에 대한 복수인지,
앞으로 만날 사람들에게 어필하려는 건지.

못생겼다. 사진을 찍으면 더 실감한다. 한 서른 장쯤 찍어야 그 중 어느 각도에 딱 맞아 떨어지는 순간 그나마 괜찮은 사진을 한 장 정도 건진다. 그걸 또다시 솜씨 좋은 친구에게 보내 보정을 받는다. 그렇게 받은 사진을 보면 '잘생겨졌다'를 넘어 '이거 나 맞아?'라는 결과물이 나온다. 그런 사진이 내 SNS에 온통 내가 아닌 나로 가득 차 있다. 좋다가도 한편으론 괴리감이 가득하다.

가끔 SNS나 유튜버에서 활동하는 사람들을 보면 얼굴이 잘생기지도 않았는데. 참 자유롭고 자신감이 넘쳐 보여서 부럽다. 심지어 엽기적인 사진까지 올리는 모습을 보면 그들은 그냥 자신의 모습에 남들의 평가와 비난을 그다지 두려워하지 않는 것 같다.

가만히 생각해보면 사람들이 날 좋아해 주고 멋있게 생각하는 것이 아닌. 나에게 실망하는 것을 두려워했던 것이 아닐까? 내 본모습에 실망하고 떠나는 것. 맞다. 그것을 두려워했다.

나 자신 그대로의 모습을 인정하지 못하는 것이 얼마나 불행한 일일까. 사진이 못생기게 나오는 게 아니다. 내 기대에 못 미치는 내 마음이 날 못생기게 보는 것이다.

정말 디지털 구속이다. 인간은 자유로워야 행복할 수 있는데

많은 시간을 가상의 세계에서 허비하고, 더해 속박당하고 있으
니……. 그곳에서 행복감을 얻을 리 없다. 더 늦기 전에 이제 진짜
나로 살아봐야지.


나로 살지 못하는, 나

## 죄책감 없는 사치

요즘 소설의 키워드가 '혼자의 삶' 또는 '나를 사랑하자' 인 것 같다. 요즘 청년들이 세상 살기 척박해서 그런지 '나'를 사랑하는 방법들도 참 많이 나온다. 그중에 하나 내 이목을 집중시킨 댓글이 있었는데, '밥 먹을 때 천원 더 써서 더 맛있는 걸 사드세요'이다. 될 수 있으면 싼 거로 결정하는 나에게 '그래! 이거다' 하는 생각이 들었다.

뭐 비싼 걸 사라고 권유하는 것도 아니고. 그렇다고 무작정 해외여행을 떠나라는, 당장 실현 불가능한 방법을 제시한 것도 아니니. 그저 생활에서 천원 더 쓰는 것으로 날 더 사랑하는 방법이라면 충분히 해줄 수 있었다. 그날은 라멘 집에 가서 항상 시켜먹던 7500원짜리 기본 라멘에서 8500원짜리 라멘을 시켰다. 고명도 더 들어있고, 차슈도 한 장 들어가 있어. 천 원 차인데 이렇게 다르다니. 사치를 부리는 것 같았다. 죄책감 없는 사치.

언제일까? 뉴스에서 디저트가 잘 팔린다는 소리를 들었다. 사람들이 값비싼 레스토랑에 간다거나 명품을 산다거나 할 수는 없으니. 디저트나 아기자기한 값싼 상품으로 눈길을 돌려 '작은 사치'를 즐긴다는 것이다. 그걸 '작은 사치 신드롬'이라 부른다고 한다.

이렇듯 사람들은 부족한 행복을 어떻게든 채우려고 하는 것 같다. 길거리에서 디저트를 먹는 사람들. 기왕에 좀 더 비싼 메뉴를 시켜 먹는 사람들. 결국 '나'도 그렇고 사람들은 전부 행복해지고 싶어 행복을 찾아다니는 여행자들이다.


단 시한부 외로운 여행자

나이를 먹을수록 친구가 줄어든다는 것은
그 친구들은 이제 홀로서기에 성공했단 뜻이다.

## 친구가 어려워지는 순간

친구가 어려워지는 순간 어떻게 대해야 할지 고민이 되는 그때, 난 그 사람이 관계에서 한 단계 더 성장했다고 본다. 빠르면 20대 중반 늦으면 30대 초반에 그 느낌을 받는다. 친근함의 표시였던 장난 섞인 욕이나 가볍게 던지던 별명을 더는 부르기 어려울 때 친구가 갑자기 낯설어진다. 마치 친구보다는 조금 먼, 그저 그렇다고 하기엔 가까운 사이 즈음?

그때 사람들은 우리가 쌓아온 시간의 탑을 믿지만, 그것을 믿고 전처럼 대하다간 말 한마디에 멀어지기도 한다. 이유가 뭘까 그 어떤 저주가 우리를 이렇게 멀어지게 만들려고 하는 걸까?

아마 그건 존중이 빠졌기 때문이 아닐까 생각한다. 어릴 때는 존중이란 걸 몰랐던 것 같다. 그 낯부끄러운 짓을 친구들끼리 한다는 게. 그저 내가 무슨 말을 하든 내 곁에 가족처럼 있어 주던 친구였는데, 이제 존중을 하라니 될 리가 없었다.

산다는 게 이별과 만남의 연속이다. 떠나지 않을 사람을 떠나보낼 때 관계에 대해 깨닫게 된다. 나를 떠난 친구들이 가르친다. 언제나 말속에는 존중이 깃들여야 한다는 것을.

## '친구 사이'도 이별이 필요해

사실 난. 연인과 헤어지는 것보다 친구와 연을 끊는 일이 더 힘들었다. 일단 연인과 헤어지면 슬퍼하는 건 당연하다 받아들이기에 질질 짜며 우는 것을 합당하다 생각하고. 또 주변의 위로도 받을 수 있다. 하지만 친구와 절교하는 것에는 내 자존심이 슬퍼하는 것을 인정하지 못한다.

연인과 친구를 놓고 보면 친구와 절교를 한다는 것은 나로서는 고작 2~3년 정도 사귀던 이성과의 이별과는 비교할 수 없을 정도의 상실감을 안긴다. 그도 그럴 것이 어릴 때부터 항상 함께하며. 내 삶에 밀착되어 집안 사정까지 속속들이 알며. 내 치부를 아무렇지 않게 받아주는 스스럼없는 존재이기에. 그 어떤 누구보다 솔직할 수 있는 친구였다. 그런 존재와 관계를 끊는 일은 너무 큰 상실감을 주기에 불가능한 얘길지 모르지만. '친구 사이' 끝에도 연인처럼 이별 선언이란 단계가 필요하다는 상상을 해본다. 깨끗하게 관계를 정리하며 헤어지는. 절대 불가능하겠지만 가장 필요한. 친구란 존재에 말이다.

꼭 운명적인 만남이어야
운명의 상대를 만난다는 편견이야말로
운명을 만날 수 있는 길을 가로막는다.

그저 늘 가던 버스정류장에서 또는
집 앞 슈퍼에서도 운명을 만나
평생 사랑하게 되기도 한다.

———

서른이 넘어가기 시작하니까
주변에서 연애를 시작했다고 하면
하나같이 하는 질문이 이거에요.

"어디서 만났어?"

눈을 동그랗게 뜨고 마치 "그 어려운 문제를 어떻게 풀었어?"
라는 것처럼 말이죠.
정말 그래요. 20대에는 가끔 소개팅도 들어오고 또는 밤에 나가
서 놀다 보면, 자연스럽게 여자가 또는 남자가 있는 장소들에서 만
남이 일어나잖아요?
그런데 서른이 되니 연락하던 친구들도 줄고
더러 결혼하는 친구들도 생기면서
점점 이성을 소개받고 만나는 길이 줄어들더라고요.
그래서 더 궁금해해요.
그 "어디서 만났어?" "어떻게 만났어?"를.
해서 만남의 시작이 중요해요.
어떤 사람을 만났는지보다 어떤 계기로 만났는지가.

소위 말하는 클럽에서 만난 인연은 뻔하다는 인식이 박혀서

밤에 만난 인연은 이미 스스로가 무시해 버리고,

길거리에서 번호를 물어오는 사람은, '몇 명이나 이런 식으로 번호를 물어봤을까?'

'분명 가벼운 마음일 거야'라며 단정 짓고,

또 SNS로 인한 만남은 외모로만 평가해, 너~무 가벼워 보이고.

그렇다면 모임을 가봐야 하는데, 낯가리는 성격에 그것도 어렵고. 그렇다고 알고 지내는 사람을 만나기엔 아직도 내 마음이 운명적인 만남을 기대하는 것 같아요.


그래서 그래요. 그래서 운명적인 만남을 찾아요.

그런 만남은 "어디서 만났어?" "어떻게 만났어?"라는 질문에 좋은 명분이 되기도 하고,

별 관심이 없던 사람에게도 한 번 더 눈길이 가기도 하고요.

하지만 살아보니 꼭 운명적인 만남이어야만 운명의 상대를 만난다는 편견이야말로,

진짜 운명을 만날 수 있는 길을 가로막는 것이 아닐까 싶어요.

거창한 시작은 시시하게 막을 내리는 경우가 많았거든요.


참 어려워요…….

남들은 잘~만 만나는데,

전 너무 어려워요.

어디에서들 그렇게 잘도 만나고 다니는지…….

그래서 눈을 동그랗게 뜨고 묻죠.

"어디서 만났어?"

"어떻게 만났니?"


"시리아 동쪽 유프라테스강, 상류에서"

사람을 만나는 건 부동산에서 집 구하기만큼이나 어려운 것 같다. 짧으면 1년 길면 2년마다 이사를 하는데, 매번 이사할 때마다 느끼지만 정말 내 마음에 딱 맞는 집은 없다는 것이다. 주차를 포기하거나, 엘리베이터를 포기하거나, 방 크기를 포기하거나, 넓은 방을 선택하려면 세탁기, 냉장고, 에어컨 같은 옵션을 포기해야 한다. 그 모든 조건에 딱 맞아 떨어지는 집은 터무니없이 비싸서, 피곤해하는 중개인을 보채 이리저리 더 다녀본다.

보통은 3~4곳을 보여주곤 하는데, 대여섯 군데까지 보고도 결정을 못 하면 중개인이 말한다. "고객님, 이 동네 이보다 더 좋은 집은 없어요. 딱 이 정도 선이 기준입니다" 그 말인즉슨, 서초구에서는 당신이 가진 돈으로 거주할 수 있는 곳은 딱 이 정도 수준이다 더 다녀봐야 다른 바 없다는 말을 기분 나쁘지 않게 돌려 말하는 거다. 그 일대 집주인들은 마치 짜기라도 한 듯이 금액을 맞춰서 내놓는다. 어느 한 곳 시세보다 싸게 내놓는 집은 없다. 이렇게 세상은 예외가 없다.

. . .

크리스마스 날이면 매년 지인들과 크리스마스 파티를 연다. 그

날 연애 이야기가 많이 나왔는데, 친한 누나가 이런 말을 했다 "야! 가장 좋은 사람은, 어릴 때 아무것도 모르고 만난 사람이야." 그 말에 공감한다. 내 가치를 몰라보고 오직 감정에만 올인하던 그때가 나에게도 있었으니까.

　나이를 먹으면 내 가치를 너무나 잘 알게 되고, 그만큼 상대방의 표면적 가치도 너무나 잘 알게 된다. 사람들은 흔히 학벌, 직업, 재력, 외모 등 표면적인 것들로 암묵적으로 등급을 나누고, 평가하면서 스스로 초라해지거나 자만하게 된다. 어쩌면 당연한지 모른다. 그런 것을 속물이라 욕하기엔, 갖추지 못한 내 변명일 뿐이니까. 아직도 그런 눈먼 사랑을 하고 싶은 마음이 숨어있지만, 2년마다 부동산 중개인이 상기시켜준다. "고객님, 고객님이 가진 돈으론 여기가 최선입니다."라고.

　"하……."

손님, 이제 이쯤에서 결정하시죠

적잖게 연애를 해왔기 때문에, 이젠 헤어질 때면 딱히 주변에 말하지 않고, 평상시처럼 아무렇지 않게 직장을 다닌다. 참 애매한 것은 친한 회사 동료에게 헤어졌다고 먼저 말하기도 그렇고, 그렇다고 말을 안 하기도 그렇다. 헤어졌다고 말하면 "그래? 왜? 왜? 뭔일이야"라고 눈을 동그랗게 뜨고 물어오는 게 싫고, 또 그렇다고 말을 안 하고 있자니 뭔가 숨기는 것 같아서, 가만히 아무 일 없다는 듯 직장을 다니는 것이 찜찜한 느낌이 든다.

하지만 이건 시간 싸움이라 어느 순간 "여자친구는 잘 있고?"라며, 입을 떼는 오지랖 넓은 상사에 의해 들통이 나는데, 그때 나는 "대충 맞지 않아서 헤어졌어요."라고 하지만 상사는 눈을 동그랗게 뜨고,

"왜! 바람 핀 거야?" "야 내가 걔 관상이 안 좋다고 했잖아" 또는 옆에서 "어머머 팀장님 헤어지셨어요?" 내가 괜찮다고 하는데도 그들은 심각하게 받아들이고, 이제 술자리 잡을 핑계 하나 잡아내게 된다.

날 진심으로 걱정해서 그런 것이라면 그게 고맙긴 하겠지만 정말 고마운 사람은 '더는 묻지 않은 사람들'이다. "인연이 아닌가 보죠. 물어 뭐해요"라며 슬슬 달아오르는 분위기에 찬물을 끼얹어 주

는 사람.

　직장생활. 남 이야기만큼 재미있는 게 없다. "마케팅 부서에 김
팀장님은 글쎄 6개월 만에 이혼했대" "대박이네! 왜?" "와이프가
돌싱인 거 숨겼대!" "어머머 대박. 진짜?" 그 이유를 찾아가는 그
과정이 그렇게 신날 수가 없다. 이유를 생각해보면 뒷담화를 하
며. 그래도 나는 나은 삶이네 하며 타인의 불행으로 내 삶에 위안
을 얻고. 더 나아가 행복감을 얻기 때문이다. 물론 나도 같은 부류
였지만. 이제는 좀 달라야 한다는 생각이 든다. 맹세한다. 입이 간
질간질해도 더는 묻지 않는다고. 남에게서 검은 행복을 채우지 않
겠다고.



타인의 불행. 그 짜릿한 즐거움

눈물은 많았지만.
상처가 없어서 마음이 강했던 어릴 때가 그립다.
어른은 마음이 강한 것이 아니라.
단지 괜찮은 척, 그런 척을 잘하는
사람일 뿐이다.

## 드라마를 미루는 사람들

요즘 나를 보면 영화나 드라마를 VOD로 결제해놓고는 보지 않고 미루고 있다. 주말이면 회사 직원들이 그렇게 재미있다고 했던 드라마를 꼭 정주행해야지! 귤이랑 치킨이랑 과자랑 머리맡에 두고, 따뜻한 이불 속에 들어가 손톱이 노랗게 변할 때까지 계란판 위에 놓아둔 귤을 까먹어야지.

그런 생각으로 금요일까지 버텼는데, 막상 토요일이 되면, 휴대폰만 만지작거릴 뿐 드라마를 시작할 엄두가 나지 않는다. 불과 4년 전만 해도 드라마나 영화 보는 걸 참 즐겼는데, 이제 영화관 예약을 해놓고도 3시간 단위로 취소하며 미루다 결국, 다음 주에 보자 하고는 말았다.

왜 사는 게 재미가 없을까?
나는 사는 이유를 무엇에서 찾아야 할까?

가수 '故 신해철'은 사람은 태어난 것으로 인간의 사명을 다했으니,

남은 인생 행복하기만 하면 된다고 했는데.

그저 행복하기가 어렵다.

이것이 심각하다면 무엇보다 심각한 일일 텐데.


나 말고 이런 사람이 또 있으면 말해줬으면 좋겠다.

나도 그렇다고. 너만 그런 게 아니라고.

다 그렇게 산다고.

그럼 이런 삶에 위안이 좀 되려나.

———

모든 영화의 도입부는 인내심을 가지고 지켜보는 노력이 필요하다.

처음부터 날 흥분 시키는 영화는 갈수록 지루할 수밖에 없다.



그게 사람이든, 사랑이든, 꿈이든

자전거를 타다가 넘어지는 일은 어릴 적 나에겐 늘 있는 일이었는데. 당시 어린 나의 판단으로도 죽는구나 싶었던 일이 초등학교 2학년 때 일어났다. 자전거를 타고 가던 길 움푹 파인 홈에 바퀴가 걸려 언덕 아래로 굴러떨어졌다. 떨어지며 자전거 핸들에 가슴을 부딪쳐서, 소리를 치기는커녕 숨도 쉬어지지 않았는데, 다행히 지나가던 아저씨에게 발견돼 병원으로 옮겨져 살았다.

그때. 언덕 아래로 떨어져 넘어져 있을 때, 내가 처한 상황과 달리 누워서 보게 되는 풍경치고는 너무 아름다웠다. 그날은 따뜻한 봄날의 오후였고, 그 햇살을 받들고 있는 민들레들이 손으로 한 뼘마다 피어있는 민들레밭이었다. 내가 요란스럽게 넘어진 덕에 민들레 홀씨들이 봄바람에 날린 그 모습이 너무도 아름다워 내 숨이 돌아오고도 그대로 누워 한참을 지켜보았던 기억이 난다.

그때가 생각나는 건. 지금의 삶과 많이 닮았단 생각이 들어서이다. 난 세상이 괴로운 곳이기 때문에 세상을 원망하며 날 자위했지만. 사실은 내가 괴로워 세상을 탓하며 살았다. 난 내가 태어난 것에 의미가 있었으면 했다. 어릴 적 의사의 꿈을 꾸었을 때만 해도 엄마를 비롯해 세상 사람들을 치료해 행복한 세상을 만들 거로 생각했다. 하지만……. 세상은 꿈을 이룬 사람과 꿈을 포기한 사람

둘로 나뉘었고, 난 어떠한 이유에서 후자가 된 케이스가 됐다. 인제 그만 원망하고 훌훌 털고 일어나 자전거를 타고 다시 달려야 하는데, 세상을 탓하며 누워있는 일은 왜 이리 편한 것일까.

왜인지 모르겠지만.
지금도 그때를 생각하면.
막혔던 가슴이 봄바람으로 가득 채워지는 것 같다.


중2병

2015년 3월에 첫 책이 출간되고 '작가와의 만남'을 할 때였다. 당시에 나는 창업을 하다 빚을 져서 빚이 산더미처럼 쌓여 직장을 다니며 빚을 갚아가고 있던 때였다. 당연히 보증금 따위가 있을 리가 없었다. 신논현역 근처에 아주 작은 고시원에 방을 빌려서 살고 있었다. 창문은 아주 작았고 그것도 열면 앞에 창이 하나 더 막고 있어서 조망은커녕 환기도 잘되지 않았다.

그리고 아주 좁은 침대, 세 걸음 정도 걸을 수 있는 바닥과 신경 쓰이는 천장 환기구의 바람 소리. 더해 방음이라곤 전혀 되지 않아 옆방에서 통화하는 내용까지 들을 수 있었다. 아무리 내 생각을 바꿔 좋게 생각하려 한들 내 처지를 긍정적으로 생각할 수 없었다. 아무튼, 나는 그곳을 나와 작가와의 만남의 장소로 향했다. 가던 길 미용실에 들러 생에 첫 드라이를 하고, 미리 도착해 대기석에서 객석이 채워지길 기다렸다.

작가의 만남 진행 순서는, 내가 입장하기 전에 미리 섭외한 밴드가 공연하고 그다음 내가 입장을 하는 순서였다.

대기실에는 나와 그 밴드 두 분이 계셨고, 또 출판사 관계자들이 계셨다. 초조해하는 나에게 밴드의 한 남자분이 오셔서 "혹시 나이가 어떻게 되세요?"라고 물어왔다. (아마 긴장하고 있는 나를 풀어주려 하였나 보다.)

"아 저는 스물아홉입니다."

"아 그러세요? 저도 내년에 서른이에요~"

"아 동갑이네요. 와주셔서 감사해요."

"많이 떨리시죠? 저도 처음 공연할 때 정말 많이 떨었거든요. 심호흡하면 조금 좋아져요."

"정말요? 전 지금 토하고 싶은데 이게 정상인가요?"

"막상 나가면 괜찮아지실 거예요"

"그렇겠죠? 그래도 초조하네요."

"그런데 같은 동갑인데 성공하셨네요. 부럽네요."

그 순간 좋기보다는 놀랐다. 나를 부러워하는 사람이 있다니. 그럴 수도 있겠다. 자기랑 동갑인 사람이 백 명 가까이 되는 사람들이 모여있는 곳에서 주인공이라니. 그 모습이 성공한 사람처럼 보일 수 있겠구나 하는 생각이 들었다. 하지만 현실은 버겁다 못해 무섭기까지 한 빚이 월급 대부분을 가져가고. 그 비좁은 고시원이 내 보금자리인데. 하지만 그렇다고 "그렇지 않아요. 저는 빚도 있고, 한 평 고시원에 살고 있습니다."라고 말할 이유도 없었다.

그렇게 밴드가 먼저 입장해 공연했고, 그 뒤에 주인공인 내가 입장해 무사히 작가와의 만남을 끝냈다. 그날 꽃다발과 화분, 편지 등등 한아름 선물을 받았다. 끝나고 딱히 갈 곳도 없어 바로 고시원으로 향했다. 총무가 한껏 꾸미고 꽃다발을 한아름 받고 들어오는 나를 보고 "생일이세요?"라고 묻는데. "네 오늘 제 생일이에요" 하고 방으로 들어갔다. 그 좁은 고시원이 다시 내 처지를 알려주었다. '고작 그래 봤자 여기가 현실이야 이렇게?' 그 당시 나는 한껏 부정적이었다. 빚과 환경이 나를 그렇게 만들었다고 핑계를 대면 댈 수 있었겠지만.

선물과 꽃다발을 내려놓고 한동안 멍하니 앉아있었다. 혼이 빠질 정도로 긴장을 했으니까. 태어나서 처음으로 싸인이란 걸 해봤고. 처음 하는 싸인을 한 시간 동안이나 했으니. 손목도 아팠다. 그리고 계속 그 밴드분이 했던 말이 떠올랐다. "성공하셨네요. 부럽네요." 그날따라 방이 더 좁아 보였다. 어둑어둑하고 침침한 고시원 방이 '꿈깨'라며 재차 내 처지를 알려주는 것 같았다.

즉 SNS에서 행복해 보이는 사람들의 모습 뒤에 무엇이 감춰져 있는지 모른다. 해서 당신이 상대적 박탈감을 느낄 필요는 없다.


불행합니다. 안심하세요

공간이 좁을수록
사는 의미에 더 가까워진다.

"여러분, 여행만이 인생의 의미를 찾을 수 있습니다." "낭만을 가지고 사세요. 청춘이란 원래 아픈 겁니다." 흥! 콧방귀만 나온다. 행복의 조건을 모르는 것이 아니다. 누군들 계절 스포츠를 즐기고, 여행을 가고, 가끔 아주 높고 전망 좋은 라운지에서 코스요리를 먹으면서 여유롭게 살고 싶지 않을까. 난 그런 소리가 꼬일 대로 꼬여 시답잖게 들린다. 시골에서 올라온 나에게 서울이란 곳은 숨만 쉬어도 빠져나가는 비용이 있었다. 월세, 전기세, 수도세, 가스요금, 보험, 식비, 통신비, 말 그대로 최소 생활비만 얼추 80만 원이 넘어간다. 그 돈을 5개월만 모았어도 여행은 갔겠지. 서울에서 태어난 것이 스펙이란 말에 동의한다.

3년 전 친구의 성화에 '그래 나도 한번은 유럽여행'을 가보자 했다. 일단 비행기 푯값만 생각했었는데, 숙소와 식비에 차비까지 계산해서 넣으니 얼추 내 두 달 월급이 아닌가. 친구에겐 미안하지만, 여행을 취소해야겠다는 생각이 들었다. 여행은 시간과 돈의 문제가 아니라 '용기'의 문제라 했지만, 나에겐 정말 돈만의 문제였다.

누가 선뜻 두 달 월급을 낭만과 교환 할 수 있단 말인가. 그 돈이면 엄마 '임플란트'부터 해드리는 것이 나에겐 더 큰 행복이다. 그까짓 낭만? 나에게 어울리지도 않고 내가 허락하지도 않는다. 걱정 가득한 휴식이 과연 쉼이 될 수 있을까?

지금도 만 원짜리 한 장을 쓰는 것에 고민하는 청춘들이 있다. 함부로 행복의 조건에 여행을 넣지 않았으면 좋겠다. 언젠가 TV 속, 강단에 서서 "저는 20개국을 여행하면서 인생과 행복에 대해. 깨달음을 얻었습니다." "여러분도 저처럼 지도 밖으로 행군하세요!"라고 말하던 사람과 누구보다 치열하게 사는 나. 가끔은 우리가 같은 하늘 아래 살고 있긴 하나? 라는 생각이 든다.

나도 같은 세상에 태어났지만. 세상은 누군가에겐 집을 주고, 누군가에겐 금을 주고. 나에게는 그저 너보다 못한 사람을 생각하라며. 나의 투정조차 사치라고 말한다. 그러면서 세상은 계속해서 아직 그렇게밖에 못 사는 것은 나의 노력이 부족한 탓이라며. 내 의지와 과정을 탓한다. 알고 보면 난 많은 것을 바라지 않는데. 그저 단지 좀 쉬고 싶을 뿐인데 말이다.


돈이 낭만, 돈으로 사는 낭만

## 목적 없는 외출

사람은 '혼자서 시간을 보낼 수 있어야 건강한 사랑을 할 수 있다' 또는 '외로울 때 사랑을 하면 안 된다'라는 말의 뜻을 알고 있으면서도, 불쑥 혼자일 때 밀려오는 공허함과 외로움에 누군가에게 의지하고 싶고, 기대고 싶고, 또 하소연하고 싶은 마음이 찾아온다. 결국, 난 지금 불행하다는 결론을 내리는데, 그 원인 중 하나를 현재 내가 하는 일이 만족스럽지 못하기 때문이라 생각한다.

사람이 행복감을 느낄 때는 아무런 문제가 없는 평온한 상태일 때기도 하지만, 무언가를 위해 쟁취하고 뛰어가는 과정에서도 행복감을 느낀다고 한다. 다른 말로 하면, 외로움은 목적이 없는 삶에도 찾아온다는 뜻이다. 사람이 외롭다 느끼는 것은 꼭 인간관계의 부재 때문만은 아니다. 현재 자신이 하는 일에 대해서 만족하지 못하고, 미래의 불안함 때문에 인간관계에 더 집착하는 것이다. 결코, 외로운 것은 마음을 터놓고 이야기할 상대가 없어서가 아니란 걸 알았으면 좋겠다.

예전 음악을 하던 친구를 따라 피아노 독주회를 다녀온 적이 있었다. 피아노 독주회는 딱히 관심이 없어서 피아니스트 '임현정'이 누군지도 몰랐었다. 하지만 객석에 앉아 그녀의 연주를 보는 내내 인상이 깊어 집으로 돌아가는 길 버스정류장에 앉아 한참 그녀의 기사를 찾아봤었다.

그녀는 내가 생각했던 것보다 훨씬 유명한 피아니스트였다. 한국인 최초로 빌보드 클래식 차트에서 1위를 기록하기도 했고, 세계적인 피아니스트라는 기사들이 수두룩했다. 그중 한 기사에서 '내 외로움의 원천을 사라지게 한' 어느 인터뷰를 만나게 된다.

기자가 피아니스트 임현정에게 대략 이런 질문을 했다. "어떻게 그런 연주가 가능한가요?"

그녀는 이렇게 대답했다. "사교활동을 일절 하지 않고 음악에 집중하면 가능하죠. 음악과 나 사이를 보호해야 해요. 그렇지 않으면 내가 아닌 세상 사람들의 코드에 맞춰서 연주하게 되니까요"

몇 년이 지나도 "음악과 나 사이를 보호해야 해요" 저 말이 잊히지 않는다. 뭐든 시작은 쉬워도 그것을 지켜내는 일은 참으로 어렵다. 나도 홀로 방안에 앉아 글을 쓰는 내 삶이 처량하고 외롭다 느껴질 때마다.

외로움에 펜을 놓고 싶을 때마다.

저 말을 되뇌면 이상하게 외로움이 사라진다.

혼자가 되라는 말이 아니다. 혼자일 수 있어야 한다는 말이다.
관계를 모두 끊으라는 말이 아니다.
귤처럼 적당한 거리를 두고 관계를 이어가라는 말이다.


지긋지긋한 귤

아무리 뜨거운 시작일지라도
시간에 맥없이 식어버리는 게 감정인데
그들은 무엇에 확신했을까.

결혼〔結婚〕

———

좀 말도 안 되는 이야기지만. 만약. 결혼하게 된다면 아내는 305호 나는 아래층 205호 이렇게 따로 떨어져 살면 어떨까? 하는 생각을 해봤다. 퇴근 후 전화해서 "지금 놀러 가도 돼?"라고 묻거나.

"오늘 같이 밥 먹을까?" 또는 "오늘 가구를 옮기려고 하는데. 좀 도와줄래?"라는 것처럼 모든 일이 당연시되지 않는 사이로 지내고 싶다는 생각? 왜 결혼을 하면 모든 것을 공유해야 하고 희생을 당연하게 생각하게 되는지. 어쩌면 가까이 있을 때 싸우는 일은. 떨어져 있을 때 가까워지지 못해 싸우는 일보다 더 심각한 것 같다. 역시 결혼은 잘 맞는 룸메이트를 구하는 일이란 말에 동감한다.

떨어져 있을 때 싸우는 일들은 대부분 "왜 연락을 하지 않아?" "보고 싶은데 너는 너무 바빠" 이런 거지만. 가까이 있을 때 싸우는 일들은 멀어지려 싸우니 더 위험하단 생각이다.

서로가 서로에게 당연하지 않았으면 좋겠다.
나를 위해 해주는 요리를
또는 나를 보러 와주는 것을
내 옆에 있어 주는 것을

우리는 남이었고 서로를 어려워하고

어색해하며 존댓말과 존중을 우선시하던 때가 있었던 것을

원래부터 하나가 아니었던 것을

또는 언제나 남이 될 수 있다는 것을 말이다.


당연하지만, 당연하지 않은 사람

집착은 결핍이다.

과시도 결핍이고.


지금도 기억나는 여직원이 한 명 있다. 그녀는 하도 만나는 남자 친구 자랑을 많이 해서. 당시 직원 대부분은 그 남자의 직업이나 간단한 신상정보는 알고 있었다. 한번은 다 같이 모여서 티타임을 하는데. 역시 나에게도 대화 도중 남자친구 자랑을 해서 '서로 참 좋아하는구나' 생각했다. 그러던 어느 날 표정이 안 좋아 무슨 일이냐 물었더니. 누가 잘못했는지 한번 들어보라며 남자친구와 싸운 얘기를 했다. 한참을 듣고 나서 "아~ 그건 남자친구가 잘 못 했네요~"라고 했지만. 누가 봐도 남자만의 잘못은 아니었다. 하지만 내가 거기서 만약 남자 편을 들며 "그건 OO 씨가 너무 예민하게 받아드린 것이 아닐까요?"라고 했다면. 난 분명 미움을 살 게 뻔했다. 적당히 비위를 맞춰주고 다음부턴 피해 다녀야겠다고 생각했는데. 그다음부터 남자친구와 싸울 때면 나를 찾아와 남자의 심리를 남자니까 잘 알지 않느냐며 하소연을 하기 시작했다.


싸움의 내용은 별일이 아니었다. 남자친구가 퇴근 후 동료들과 술을 마셨는데 30분 동안 연락이 되지 않았다거나 회식 자리에서 주변 사람들 사진을 찍어 보내라고 했는데 요구를 들어주지 않았다는 것이다. 또는 전화기 너머로 여자 목소리가 들린 것 같다는 등, 확실하지 않은 정황에 불안해하며 집착을 했다.

그런 일이 있을 때면 안절부절못하며 일과를 보내던 그녀가 어느 날은 환하게 웃으며, "저희 화해했어요~ 제 남자친구 나쁜 사람이 아니에요 오해하지 마세요!"라며 가만히 있는 나에게 남자친구 편을 들며 말했다. 어이가 없기보다는 가까이하면 안 되겠다는 생각에 하루에 목표 중 하나를 그 여직원을 피해 다니는 것으로 두었다. 풍문으로 들었지만, 결국 그 커플은 7개월을 못 넘기고 헤어졌고, 헤어진 후 이틀간 휴가를 쓰고 직장에 나오질 않았단다. 그 이후 늘 죽을상을 하고 회사에 다니다가 한 달이 채 되지 않아 다른 남자를 만났다. 물론 새로운 남자친구에게도 집착은 계속됐다.

그 당시 회사에서는 연말이 되면 전 직원이 송년회를 하는데, 역삼역 근처 삼겹살집에서 모였다. 식당 안은 좌식 테이블을 붙여 기다랗게 나열되어 있었고, 술을 마시는 사람과 술을 마시지 않는 사람들이 나눠 앉았는데 아직 내 옆자리가 비어 있었고 그 여직원은 아직 도착하지 않은 상태였다. 서둘러 내 옆자리를 채우려 했지만 늘 불안한 느낌은 틀린 적이 없다.

마침 들어오던 그 여직원이 내 옆에 와서 앉았고, 그간 통 얼굴 보기 힘들었다며 어디 지방으로 전출이라도 갔었냐며 나에게 술을 따라주었다. 술자리가 적당히 무르익을 때 회사 대표는 더 먹고 가라며 카드를 주고 일어섰다. 여기저기서 안심하고 비싼 술을 주문하는 소리가 들렸고, 내 옆에 있던 여직원도 한껏 술이 올라서는 나에게 하소연을 하기 시작했다.

"팀장님~ 진짜 못 믿을게 남자에요~ 아세요?"

"그건…… 사람 나름이지 않을까요……?"

"그런가? 그런데 저는 왜 항상 데이기만 할까요?"

"왜요? 또 남자친구가 속 썩이나요?"

"그건 아닌데요…… 아니에요…… 죄송해요. 술 드세요"

"네 그럼 술 드세요."

"왜 안 물어보세요?"

"아니라면서요."

"하…… 알았어요. 술 드세요."

"아…… 그럼 뭔데요. 말해보세요."

"아니에요. 묻지 마세요."

"하 답답하게 왜 그러세요?"

"왜 화를 내세요.?"

"아니에요. 화낸 거"

"화낸 거잖아요. 답답하다면서요. 팀장님도 제가 답답해요? 지금까지 만난 남자들이 다~ 나보고 답답하고, 내가 숨 막힌대요."

"미안해요…… 저는 그런 뜻이 아니고, 말하다 끊으시니까……."

"아니 남자들은 왜 다 그 모양이에요? 나 좋다고 해서 받아주면 나중에 바람을 피워요. 나같이 순종적인 사람이 어딨다고. 저도 여우처럼 밀당하면서 남자 마음 애타게 하고 싶은데. 난 원래 그런 사람이 아닌데. 어떡하냐고요…… 밀당? 그게 사랑이라 할 수 있어요?"

"아니 저에게 왜 그러세요. 제가 뭘 어쨌다고"

"팀장님도 같은 남자잖아요. 그러니까 남자 심리에 대해서 저보다 더 잘 알 거 아니에요!"

"아니 제가 무슨 심리학 박사도 아니고…… 저 그리고 화공과 나왔거든요. 일단 진정하시고 혼자만의 시간을 가져보는 건 어때요. 연애를 좀 쉬어보는 게……."

"그럼 외로운걸요…… 저는 꿈이 빨리 시집가서 예쁜 아이도 낳고 싶고…… 불공평해요. 남자는 나이 먹어도 시간적 여유가 있잖아요. 반대로 여자 나이는 크리스마스니 30대가 되면 노처녀라는 막말이나 만들어내고."

"저는 그런 말 만든 적 없어요. 생사람 잡지 마세요. 그리고 저도 한마디 하자면. 남자 좀 신중히 알아보세요."

"저도 알아요. 그런데 이번엔 정말 다를 거라 생각했는데…… 이번에도 역시나네요. 아 진짜 어떻게 해요! 전 진짜 사랑을 하고 싶다고요. 진짜 사랑."

술에 취했는지 계속 말을 쏟아냈다. 그 부서에서는 이미 취사를 알고 있었는지 큰 신경을 쓰지도 않았다. 주변은 여전히 시끄러웠고 우리 둘 사이는 정적이 흘렀다. 술에 취해서 이제 몸도 잘 못 가누는 여직원을 보면서 조금 안쓰럽다는 생각이 들었다. 그토록 남자친구에게 집착하는 이유가 있었구나⋯⋯ 하는 생각이 들더라.

이번에 만나는 사람은 다를 거야. 이번에 만나는 사람은 내가 지켜내야지 하는 마음에 더 애정을 쏟고, 주변 사람들에게 사랑을 과시하며, 스스로 안도감을 얻으려 했던 게 아니었을까?

과시와 집착은 닮은 점이 많다. "바람피우는 사람이 제일 싫어!" "난 바람 같은 거 안 피워!" 또는 차 자랑, 돈 자랑, 애인 자랑, 인맥 자랑 등, 무언가를 과시하고 집착하는 사람들은 사실 그것에 결핍을 나타내는 것이다. 즉, 자랑하는 사람은 안쓰러운 사람들이다. 어떻게 보면 나도 해당이 되는 일이기도 하다. 그러고 보면 나도 안쓰럽고, 그도 안쓰럽고, 저 사람 또한 안쓰러운 일이다.


내 서른 살의 여자친구 이야기

## 혼자일 권리

사랑은 상대의 자유를 존중해 주는 일이다. 조금 쉽게 말해 나에게 거리를 둔다 해도 나는 그것을 서운해하지 않고 존중해줘야 한다는 뜻이다. 여태 사랑하면 내 욕심에 상대를 소유하려 들었다. 그럴싸하게 포장해서 사랑하려면 포기해야 하는 것도 있는 거라며. 상대가 나를 위해 자유를 포기하는 것에 더해 희생하는 것을 당연하게 여겼다. 지금 내 옆자리가 비어 있는 것으로 내 방식이 틀렸단 걸 뒤늦게 깨닫는다.

영화 〈완벽한 타인〉에는 이런 말이 있다. "사람들은 누구나 세 개의 삶을 산다. 공적인 하나, 개인적인 하나, 그리고 비밀의 하나" 즉 내가 몰라야 하는, 간섭하면 안 되는 삶도 존재하는 것이다. 가끔 연인들은 온종일 일과를 보고하거나, 핸드폰을 수시로 검사하는 등 이런 행위를 사랑해서 그런 것이라며, 당당하게 사랑이라 말한다. 하지만 본인도 알고 있다. 불안하기 때문에 이렇게라도 확인하지 않으면 안심할 수 없기 때문이다. 믿음과 존중이 빠져 있는 관계는 본인만 모를 뿐이지 끝은 이미 정해져 있다.

한 집에도 군이 두꺼운 벽을 쳐서 여러 개의 방을 만든 이유는, 당연하지만 사람마다 그 누구에게도 함부로 침범당하지 않을 나만의 독립된 공간이 필요하기 때문일 것이다. 사랑하면 사랑할수록, 서운하지만 그 서운한 거리를 지켜줘야 한다. 독립된 존재로 자유를 인정하는 배려가 필요하다. 그럴 수 있으려면 내 낮은 자존감 때문에 날 떠나지 않을까 하는 불안감에 구속하고 잡아둔다는 것을 스스로가 인정해야 한다. 행복한 새는 새장을 열어도 날아가지 않는다는 말이 있다. 만약 놓았을 때 달아나는 것은 애초에 인연이 아닌 것이 아니라 내가 떠날 인연으로 만든 것이다.

뻔하지만 세상 모든 살아있는 것은 행복하기 위해 존재한다. 그 무엇도 나를 위해서 희생하거나 불행할 운명으로 태어난 것은 단 하나도 없다는 뜻이다. 즉 내 옆에 사람도 행복할 권리가 있고, 내 옆에 있는 것이 불행하다면 언제든 떠날 권리가 있다는 것이다. 내 이기심이 상대를 불행하게 만든다. 사랑한다면 거리를 줄 수도 있어야 한다. 거리를 인정한다. 사랑이니까.

———

사람을 만날수록 만날 사람이 줄어드는······ 신비한 세상

　사람을 만나면서 눈이 높아진다는 것은 꼭 외모나 능력, 성격, 나이, 집안을 따지게 된다는 것이 아니라는 생각이 들었다. 사람을 만나고 헤어지면서 느낀 것은 그 사람의 단점을 기억하게 되고, 다신 "이런 습관을 지닌 사람은 만나지 말아야지" 또는 "이런 가치관을 가진 사람은 안 만나야지"라는 것처럼 경험에서 비롯된 이성의 장벽이 높아진다는 것이다. 또는 그 사람에게 정말 안 좋은 기억이 있다면, 얼굴과 이름만 비슷해도 편견을 가지게 된다. 마치 물이 뜨겁지 않아도 열탕이라고 쓰여 있기만 하면 뜨겁다고 생각하는 것처럼. 내 배배 꼬인 성격 때문에 좋은 시선으로 바라보는 눈을 가지지 못한 이유도 있겠지만, 최악이었던 사람과 비슷한 성향이나 외모를 가진 사람을 구태여 다시 겪어보고 싶지는 않다.

　나이가 들수록 곁에 사람이 없는 이유가, 사람을 만나기 어려워서라기보다는 내 안에 사람이 들어올 수 있는 문이 좁아졌기 때문이 아닐까?

　사람들은 선입견이나 편견을 가지는 것을 좋지 않은 것이라 말

하지만. 선입견은 경험으로 생긴 면역력 같은 것이 아닐까 싶다. "이번엔 다를 거야"라며 편견을 무시했다간. 혹시나가 역시나가 되어 또 데이고 말지.

이제 한 걸음 더
가까워지기 위해선
어른의 시선이 필요하다.

아이처럼 가서 안기는
것이 아닌.

상대의 의사를
먼저 물을 줄 아는.


어른들의 인사 '노크'

치유하지 못하고 넘어가 버린 과거의 상처는
미래에 반복된다.

#02
___
Chapter

가족은 남들과는 다르게
거리를 두는 것에
죄책감을 안겨주는 유일한 존재다.

## 유기견

나는 가족을 사랑하긴 하는데, 나에게 다가올수록 도망치게 되는 것 같다. 이유야 누구나 가지고 있는 어릴 적 상처겠지만, 서른 중반이 되도록 나 스스로 그 상처를 이겨내지 못하고 애증하고 있는 못난 아들이다. 마치 버려진 유기 동물처럼, 사람의 손길이 필요하지만, 다신 길들여지지 않으려는. 가까이 다가가기라도 할라치면, 급하게 도망을 가는……. 하지만 주인의 시야에서는 벗어나지 않는 그렇게 이기적으로 변해버린 동물인 것 같다.

부모님을 사랑한다. 할머니 할아버지가 돌아가신 지금, 세상에서 가장 그분들을 사랑하는 사람은 나인 것은 확실하다. 하지만 가까이 가진 못한다. 명절이면 코앞에 거하게 차려진 밥을 떠먹는 나지만, 결코 쉽게 웃어주진 않는다. 좀처럼 거리를 좁히질 못하겠다. 이런 내가 나도 못내 슬프고 답답하다.

엄마의 갱년기를 무시했다. 내 사춘기를 무시했기 때문에. 나이를 먹을수록 부모님은 약해져 가고 나에게 의지하려는 것이 보인다. 그때마다 기대어 줄 수 있는 자식이 되어 주기보다는, 한걸음 물러났던 나이다. 아직 내게 그럴 능력이 없는 것은 물론이고 정신적으로도 의지가 되어 드리고 싶지 않았다. 나에겐 사춘기가 없었다. 그 이유는 내가 사춘기를 겪는 것을 부모님은 허락하지 않았다. 엄마에겐 누나 한 명으로도 벅찼기 때문에 난 그저 가성비 좋은 아들이 되어야만 했다.

그런 엄마에게 나는 어른스러운 아들이었지만. 커서 정말 어른이 되니 아이답게 살아보지 못한 어린 시절이 얼마나 원망스럽던지. 어른이 좋은 것도 아닌데, 왜 그토록 빨리 날 어른을 만들지 못해서 안달이었는지.

어느 날 엄마가 말했다 "나이를 먹고 갱년기가 왔나 봐. 갑자기 열이 나고 몸이 안 좋다." 난 조금은 걱정스러운 말투로 "그러니까 아프면 병원 좀 가보라니까"라며 아무리 말해도 병원에 가지 않는 엄마의 탓으로 돌려 버렸다. 엄마가 내 사춘기를 허락하지 않았듯이. 나 또한 엄마의 갱년기를 허락하지 않은 것이다.

상처를 준 사람은 모른다. 어떠한 행동에 내가 상처를 받았는지, 내가 입을 열지 않는 이상 그 밝던 아들이 왜 이렇게 어두워졌는지 알지 못할 것이다. 여기서 고하자면, "너라도 효도해라." "너 때문에 힘들게 버티고 사는 거다."라고 했던 말이 나를 어둡게 만들었다는 사실을.

자식들은 늦게 깨닫는다.
가정교육이 중요하다는 것을 이해하게 될 때
화목한 가정에서 자란 사람을 이상형으로 두게 될 때
뒤늦게 부모를 원망하게 되는데,
그땐 이미 때늦은 어른이 되어버린 후다.

가성비 좋은 아들의
늦어버린 복수

부모들은 착각한다.
자신들이 자식을 더 사랑한다고.

하지만 자식이 부모를 용서하는 일은,
부모만큼 사랑하는 마음이 있어서 가능했다.

답답하고 마음 아린 착각

'넌 사람 냄새 나지 않는다.'며 욕한다.
하지만 그런 말을 하는 사람들은,
내 국그릇에 허락 없이 숟가락을 넣는다.

---

네 문제는 나에게 아무것도 아니야!

　내가 사업도 실패하고 사랑도 떠났을 때, 힘들어하며 하소연하던 나에게 형은 내 말을 끊고 이런 말을 했다.

　"동현아, 내가 지금은 너를 이렇게 위로해주지만 결국, 네가 스스로 털어 내야 해. 난 이 문을 나서는 순간, 네 걱정은 나에겐 아무것도 아니야. 너도 내가 문밖으로 나가는 순간, 나에게 잠시 넘겨줬던 네 문제는 다시 네 것이 되는 거야."

　당시 힘들어하는 나에게 어떻게 이런 말을 할 수 있나. 나 자신이 초라해 보이고 못나 보이고, 그 형이 참 냉정하고 정이 없다고 생각했는데, 지금 생각하면 그 말이 너무 이해가 된다. 당시엔 내가 그 말을 듣고 받아들일 만큼에 인격이 되지 못했다. 하지만 저 따끔하다 못해 흉이 져버린 조언이 그 어떤 말보다 나를 성장시켰다.

　사람들은 누군가에게 위로받고 있을 때 '정말 이 사람이 나를 생각해주고 걱정해주고 있구나.'라고 착각한다. 지금 당장 내 앞에서

울어주고 손잡아주지만, 그 사람은 집에 가서 뉴스의 안타까운 소식에도 슬퍼하고, 드라마 여주인공이 불쌍해서도 눈물을 흘릴 것이다. 즉, 위로하며 내가 좋은 일을 하고 있구나. 또는 이 사람보단 내가 잘 사는구나 하며 의도치 않게 자존감을 얻기도 한다.

다시 돌아가서. 지금은 잘 지내지만, 당시에는 형이 너무 미워서 연락하지 않았다. 아니 내가 끊었다고 착각했는지도 모르겠다. 그 형이 불행 덩어리던 나에게 거리를 두는 것은 당연한 일이니.

살다 보면 힘들어하는, 위로와 도움을 바라는 사람들이 있다. 하지만 자세히 들여다보면 대부분 스스로 해결할 수 있는 것들이고, 그저 이야기를 들어줄 사람이 필요한 것뿐이다. 한두 번은 들어줄 수 있겠지만 끝없는 한탄을 들어주기엔 사람들은 너무 바쁘다.

살아보니 힘든 일보다 지겨운 일에 무너지게 되더라.

오히려 힘든 일은 겪어 내며 삶에 원동력이 되기도 했다.

하지만 지겨움에는 장사가 없다.

조금씩 날 갉아먹으며 지쳐 쓰러지게 만든다.

일도 사람도 마찬가지다.

더는 나아질 기미가 보이지 않을 때

하지만 피할 수 없을 때 무너지게 된다.

의미 없는 출근

사람이 평생 가장 많이 느끼는 감정은 우울이라고 한다. 이 얼마나 인간이란 나약하고 불쌍한 존재인가……. 신이 정말로 인간을 만든 것이라면 왜 이렇게 만든 것일까? 그저 행복을 좀 더 많이 느끼게 하고, 욕심이나 증오를 조금만 덜 느끼게끔 하지 않았을까.

이렇듯 안 좋은 소식이지만, 사람은 기본적으로 평생 행복을 갈구하며 살게 만들어진 것이다. 그건 표정과 같다. 늘 무표정인 내가 즐거운 상상에 잠시 미소를 짓는 것처럼 인생도 가끔 오는 행복을 느끼며 사는 것이라 본다. 그래서 사람들은 희망을 품고 산다. 복권에 당첨되거나 꿈에 그리던 이성을 만나 결혼한다면, 앞으로의 삶은 늘 행복할 것이라 여긴다. 행복은 달성하면 주어지는 메달처럼 목에 걸고 늘 행복한 상태로 살게 될 것이라 착각하지만 그렇지 않다. 행복은 성취가 아니다.

인정하기 싫지만, 불행하게도 어른이 되면 우울감을 느낄 때가 많다. 그 수위가 조금 낮거나, 미비하거나, 어떤 기분 좋은 일이 있으면 잠시 잊혀지는 것뿐이다. 그래서 행복이 더욱더 값지다. 행복이란 빛은 내가 깊은 절망 속에 빠져있을 때 더 강렬해진다. 즉, 불행할 때 행복이란 것을 갈망하고, 무심코 지나쳤던 행복을 돌아보기도 하며 그것이 행복이었단 걸 뒤늦게 깨닫기도 한다. 불행할 때 행복을 직관하게 된다는 뜻이다.

사람은 어둠 속에서 빛을 향해 걸어가며 단단해지고 성숙해지며 성장해 간다. 그러니 지금 닥친 불행이 결코 손해 보는 장사가 아니다. 인생이란 게임은 그 사실을 더 빨리 인정하는 자가 승리하는 것이 아닐까 싶다.

불행이란 안경을 써야 행복이 더 잘 보인다

## 적과 통일

사람 사이에 거리를 두는 것은 상대를 온전히 다른 존재로 인정하고 존중하는 것에서 비롯된다.

'너도 결국 남'이다. 라는 냉소적인 표현이 아니라. 음…… 쉽게 표현해서 다른 나라 즉. 독립된 국가로 인정해주는 것이 아닐까.

너란 나라의 법과 문화. 가치관을 인정하고 통일을 위해 전쟁을 하지 않는 것.

물론 서로 어느 정도 타협하고 협정하는 날이 오겠지만, 독립된 나라로 인정하는 것이라 본다. 결국, 사람 간의 문제는 그 나라의 문화를 이해하지 못해서가 아니라 이해할 생각이 없어서 생겨나는 것이다.

사랑하는 사람에게
나와 같은 삶을 살아 달라고 말할 수는 없다.
그래서 결혼이 어려운 것이다.

결혼이란 두 개의 삶이
하나에 존재해야 하므로,
늘 한쪽은 희생하며 살고,
다른 한쪽은 그것을 모른척하며 산다.

출판 때문에 자주 만나는 지인이 30대가 넘은 남자들은 노력하지 않는 초식남이라고 했다. 난 알면서도 모르는 척 "초식남이요? 그게 뭐예요?"라고 물으니, 남자들이 나이가 들수록 여성화되어간다는 것을 의미하는 말이란다.

우린 편한 사이긴 한데 말은 놓지 않는 사이였다. 적당히 유머를 섞은 진담인 것을 알았고, 그 말을 하는 이유가 자신이 만나는 남자에 대한 고민의 답을 구한다는 것도 알 수 있었다.

해서 내가 물었다.

"왜요? 요즘 만나는 남자가 마음에 들지 않으세요?"

"뭐랄까 남자다움이 없어요. 날 확 끌어당기는 박력이 없달까요? 확실한 마음을 보여야 저도 마음을 열죠. 그렇다고 저에게 마음이 없는 건 아닌 것 같은데……."

"그 남자가 마음에 들긴 들어요?"

"네. 그런데 전 확신이 없는 거죠."

"그럼 뭐가 문제에요?"

기분이 상할 것을 알고 있었는데, 저렇게 말했다. 그럼 뭐가 문제 되냐고 먼저 고백하면 되지 않느냐는 말을 "그럼 뭐가 문제에요?"라는 말로 되물은 것이다. 여자가 먼저 마음을 표현하기에는 자존심 상해서 그렇다는 것도 알고 있었지만 난 원하는 대화를 이어가주지 않았다.

어릴 적 연애를 할 때는 마음에 드는 이성을 만나면 마음을 얻어볼 요량으로 '콩팥'이고 '맹장'이고 다 내주겠다고 했지만, 지금은 아무리 마음에 들어도 그렇게 하지 않는다. 이유는 귀찮아서도 아니고 마음에 여유가 없어서 또는 일이 바쁘고 피곤해서도 아니다. 그런 식으로 내 자존심을 버리고 얻은 마음은, 상대를 내 자존심 위에 군림하게 만든다는 것을 알았다. 마음을 약점 잡힌 사랑은 오래가지 못하다는 것을 알고 있다. 단지 그 이유 때문이다.

사랑도 관계의 한 종류일 뿐이다. 사랑이라고 뭐 특별한 게 아니다. 서로 예의를 갖추고 공평하게 사랑을 주고받고 또 받은 만큼 주려고 노력하는. 누구도 상대방 위에 군림하려 하지 않는 동등한 그런 관계 말이다.

채식주의자

TV에 〈이론상 완벽한 남자〉라는 프로그램이 있었다. 한 여성 참가자의 조건에 맞는 남자를 선별해 주는데, 나는 그 프로그램을 흥미롭게 보았었다. 많은 지원자를 거쳐서 남자 8명을 선발하고 나면 그중에서도 고르고 골라 여성은 마지막 한 명을 선택했다. 그들은 과연 지금도 행복할까?

내가 24살에 서울로 올라가 첫 취업을 준비할 때 이력서에 뭘 적어 넣어야 할지 참 고민이 많았다. 그중에서도 자기소개서를 작성하는 것은 정말 괴로웠다. 서류전형에 탈락할 때마다 자기소개서의 문제인가 싶어 기업의 성향에 따라 수정을 하다 나중에는 '에이! 이런 가식적인 말들을 꾸며서 써야 하나?! 결국, 돈 벌려고 지원한 것인데 그리고 난 이렇게 생각하지도 않는다고!' 그 망할 자기소개서 때문에 속에서 화가 치밀어 올랐었다.

그 때문인지 난 우리 회사에 지원하는 지원자의 이력서를 검토할 때 자기소개서에 큰 비중을 두지 않는다. 이유는 장점이라고 하는 것이 단점이 될 수도 있기 때문이다. 꼼꼼한 면을 장점이라 했던 사람은 융통성 없이 고집 센 경우가 있었고, "저는 친화력이 좋습니다! 저는 처음 만나는 사람과도 쉽게 가까워져 대화를 이끌어 나가는 역량을 갖췄습니다!"라고 말하던 사람이 내 가까이서 나의 영역을 침범해 불편하게 만드는 경우가 있었다. 이렇게 장점이 단점이 되기도 한다.

　그래서 난 나에게 딱 맞는 사람은 없다고 생각한다. 난 여태껏 감성적인 나에게 이성적인 사람은 맞지 않는다고 생각했지만, 그런 사람은 오히려 쉽게 흔들리는 내 감정을 잘 지탱해 주는 역할을 해줬다. 이젠 "동현 씨는 이상형이 뭐예요?"라는 질문에 딱히 답할 게 없다. 그래서 그런지 다른 나라 사람을 만나보고 싶다는 엉뚱한 생각을 해보기도 한다. 이제 나와 닮은 사람보다는 다른 사람을 만나 더 넓은 세상을 경험해 보고 싶다.


이론상 완벽한 사람은

「내셔널 지오그래픽National Geographic」에서도 사랑에 대한 다큐멘터리를 만들었다. 6분짜리 짧은 영상인데 참 흥미롭게 보았다. 내용을 간략하게 소개하자면, 사랑을 시작하면 행복을 느끼게 하는 세로토닌Serotonin 수치가 오히려 줄어들고 동시에 기쁨과 흥분을 일으키는 '도파민Dopamine' 수치가 증가한다고 한다.

일반적으로는 사랑을 시작하면 행복감을 느끼게 하는 세로토닌 수치가 늘 거로 생각하는데 오히려 줄어든다니……. 그리고 영상의 마지막 말은 실로 충격이었는데, "화학적으로 말하면 사랑은 행복보단 강박 장애나 마약 중독과 더 비슷합니다."라는 것이다. 부인하고 싶지만, 사랑하면 행복하다는 착각에 빠지는 것이나 다름없다는 말이다.

그 호르몬의 착각 덕분에 사람들은 사랑을 시작하고 처음 불타는 감정만을 '행복'이라 착각하며, 그 뒤에 찾아오는 식어버린 감정을 '행복'이 끝나버렸다고 오해한다.

난 어쩌면 관계의 초반 감정, 그 사랑에 빠지는 감정은 '저주'가 아닐까 생각한다. 이성적인 판단을 가로막아 단점을 보지 못하게 하는, 마냥 그 사람이 좋아 보이는 '착각'에 빠지게 하는 그 초반의 감정.

애초에 사람들이 설레는 감정을 느끼지 못한다면 세상에 이별이 줄지 않았을까? 아마 유치한 사랑 노래나 영화나 드라마가 없어져 지루할지는 몰라도 지구 위 사람들은 조금 더 행복하지 않았을까?

인생의 실패는 교훈을 주지만 아무리 생각해도 사랑에 실패인 이별은 아픔뿐. 아무런 교훈을 주지도 않는다. 그저 비슷한 사람은 피하자는 편견만 남길 뿐이며 늘 상처로 남는다. 해서 세상 사람들이 초반의 감정은 그저 호르몬의 장난일 뿐이란 걸 알게 되어 세상의 이별이 줄였으면 좋겠다. 하지만 이미 사랑에 중독된 사람들은 그 설레는 감정을 잊지 못해 자신을 또 착각에 빠뜨릴 상대를 찾아 나선다.

사랑에 절여진 뇌

자존감을 잃어버린
사람들은 그래요.
안타까운 일이지만.

내가 날 사랑해 주지 못하니
다른 사람에게
날 좀 사랑해 달라고 애원합니다.


제가 그랬으니까요

결혼이 목적인 삶을 사는 사람들은

결혼 이후의 삶은 무조건 행복할 것이라 믿는다.

언젠가 환상 속의 사람이 나타나 동화책의 마지막 문장의

'그 이후 그 둘은 오래오래 행복하게 살았답니다.'로 끝나는 동화

처럼

결혼 이후의 삶은 행복할 거라 믿어버리고

이후 삶은 더 생각하지 않는 것이다.

아니 알면서도 외면하는 것인지도…….


현실이 괴로운 사람들은……

지금 내가 하는 이 일이,
내가 사랑하는 일이 되길.

글을 쓰는 나는, 글을 쓰지 않는 나를 위로한다

　좋아하는 일을 찾게 되었던 상황에 대해서 생각을 해봤는데, 그건 허리와 목이 아픈지도 모르고 무언가에 집중했을 때나, 또는 어떤 것을 보고는 '이건 내가 하면 더 잘 할 수 있을 것 같은데?'라는 생각이 들 때였던 것 같다. 당신도 과거를 쭉~ 회상해 보면 그럴 때가 한 번쯤 있지 않았을까?

　나는 운동할 때와 글을 쓸 때 그렇다. 한번 쓰기 시작하면 보통 5시간 정도를 꼼짝 않고 쓴다. 길게는 10시간을 쓰기도 하는데, 직장생활을 할 때처럼 단지 하루 근로시간으로 8시간을 채우자는 규칙을 정했기 때문이다. 그렇게 글을 쓰면서 혼자 피식거리며 웃기도 하고 또는 감성에 젖어 들기도 하는데, 그 일이 끝나면 나름 보람된 하루를 보냈다는 생각이 든다. 누가 칭찬을 하거나 수고비를 주는 것도 아닌데, 그저 종이에 글을 쓰고 나면 내가 겪은 어떤 직업보다 보람이 있다. 물론 두려움도 있다. 몇 년을 작업해 나온 내 결과물이 저 평가되는 것을 상상하면 버티기가 힘들다.

　하지만 딱히 나에게 선택지가 많지 않다. 사람들과 어울릴 수도 있고 보람도 느낄 수 있는 운동을 직업으로 했으면 더 좋겠지만, 지금 당장 그럴 실력과 상황이 되지 않기 때문에 현재 내 최선책은 글쓰기이다. 그래서 글을 쓴다. 만약 글쓰기 말고 더 가치 있는 일을 만난다면 난 주저 없이 그 일을 택 할 것이다.

조금 뒤로 돌아가, 꼭 직업이 아니더라도 사람은 무슨 일을 하든 간에, 자신을 스스로 위로해주는 일이 꼭 필요하다고 본다. 다른 사람을 위한 일이 아닌 그저 나만을 위한 일이. 그것이 운동이어도 좋고, 무언가 만드는 일도 좋고, 노래를 부르는 일도 좋을 것 같다. 또는 걷거나 여행을 준비하는 일도 좋다.

단언할 순 없지만, 그런 일이 없으면, 사람에게 의지하게 된다. 왜? 가장 빨리 위로받는 방법의 하나니까. 그렇듯 끊임없이 남에게 의지하게 되는 악순환에 빠지게 된다.

결국, 평생 떠나지 않고 날 위로할 존재는 '나' 자신 밖에 없는 것이다.

"누구도 그대의 공허감을 채워줄 수 없다. 자신의 공허감과 조우 遭遇해야 한다. 그걸 안고 살아가면서 받아들여야 한다."
- 오쇼 라즈니쉬Rajneesh Chandra Mohan Jain (1931년 12월 11일-1990년 1월 19일)

## 나만의 일

　　노르웨이 출신의 표현주의 화가 '에드바르트 뭉크Edvard Munch' (1863년 12월 12일-1944년 1월 23일)는 자신의 감정을 그림에 잘 나타냈으며, 자화상도 많이 그린 화가 중 한 명이다. 그는 가족을 병으로 많이 잃기도 한 불운한 화가로 꼽히는 작가 임에도, 81세까지 오래 살 수 있었던 것은 그림을 통해서 스스로 치유를 해서 그렇다는 말이 있다. 사람은 일기를 쓰든 그림을 그리든 자신을 나타내는 모든 일은 편히 잠드는 방법의 하나인 것 같다.

The Scream
by Edvard Munch
1895

출판사 관계자와 이번에 출간될 책에 관해서 이야기를 나눴다. 표지는 어떤 디자인으로 하면 좋을지 또는 속지는 어떤 거로 쓸지. 나는 속지를 재생지로 해서 종이 단가를 낮추고 겉표지에 투자해서 소장가치 있게 양장본으로 만드는 것이 어떠냐는 제안을 했다. 그랬더니 웃으며 말하길 "재생지가 일반 종이보다 단가가 더 비싸요"라고 했다. 이유는 일반 종이보다 시장규모가 작고 또 일반 종이론 표현할 수 없는 재생지만이 가지고 있는 누르스름한 색감과 거친 질감을 위해서는 여러 가지 공정을 거치기 때문이란다.

일반적인 상식으로 재생지라 치면, 재활용된 제품이라 값어치가 더 떨어져 값이 쌀 것으로 생각하는데, 이 출판 쪽 세계는 달랐다.

연간 쏟아져 나오는 신간은 평균 6만 권이라 한다. 사람들 눈에는 서점의 신간 코너에 쌓여있는 책이 전부지만, 서점에 배치되지 않은 신간들도 보이지 않는 창고에서 온라인으로 주문되길 기다리고 있다. 그리고 출판시장 쪽을 좀 더 자세히 들여다보면 책을 처음 인쇄할 때 최소수량이란 것이 있다. 조금씩 인쇄를 해서 그때그때 출고를 하면 좋겠지만, 그러자면 인쇄 단가가 올라가서 책값이 엄청 비싸질 수밖에 없다. 해서 대략 3천에서 5천 부를 인쇄한다.

(3천 부나 5천 부나 가격 차이가 크게 나지 않는다. 그래서 보통 3천 부나 5천 부 단위로 찍어 1쇄라 칭한다) 그 출간되는 책들이 잘 팔리면 좋겠지만. 불행히도 오래도록 잘 팔리지 않는다면 그 많은 책은 매달 한 권당 27원 정도 보관료를 내며 창고에 쌓여 독자를 기다린다.

그렇게 한 몇 년. 재고로 쌓여있다가 더 팔리지 않아 판매 수익보다 보관료가 더 나간다면 출판사에선 "작가님 남은 재고를 처리하는 것이 어떨까요?"라고 최후의 통첩을 보낸다. 그러면 작가는 멋쩍은 듯 "그렇겠죠?"라며 눈물을 머금고 승낙을 하게 되고. 창고의 책들은 이제 보관 창고를 떠나 종이 공장으로 보내지고 분쇄기에 갈려 비싼 재생지로 재탄생하게 된다. 그런 재생지에는 수많은 출판사와 작가들의 노력이 담겨 있다. 그 어쩔 수 없었던 애환도 함께 말이다. 그러니 당연히 비쌀 수밖에.

• • •

오래도록 읽지 않던 책 중에 재생지로 만들어진 책을 찾아 꺼냈다. 내가 몰랐던 사실을 알고 나니 재생지로 만들어진 책을 읽는 지금. 종이의 질감이나 이 종이의 누르스름한 오래된 색감이 사연을 품은 듯하여 글이 더 애틋하게 느껴진다. 나이를 먹는다는 것도 그렇다. 회사를 전전하며 살아왔던 내가 그 재생지가 아닐까 싶다. 어느 곳에서는 필요 없어졌고 또 어느 곳에서는 자발적으로 떠났지만 결국, 나이를 먹을수록 머물 곳이 없어지는 재고 같은 내가. 이런 혼자만의 상상으로 위로받는 꼴이 꼭 재생지 같다.


나이를 먹는다는 것은

## 스무 살 애늙은이 친구들

서울에서 하던 사업이 망해 모든 걸 다 접고 시골로 내려갔을 때, 너무 큰 빚을 졌기에 그때는 쉴 틈 없이 광양에 있는 제철소 공단에서 일해만 했었다. 부모님도 이제 서울에서 고생하는 것보다 고향에서 일하며 평범한 삶을 살길 바라셨다. 공장에서 일하는 삶은 나쁘진 않았다. 월급도 잘 나오고 내가 하는 일만 잘 한다면 문제 될 게 없었다. 3조 4교대 근무였고 출퇴근은 공단에서 제공하는 버스를 이용했는데, 순천에서 광양으로 내려가는 출근길에 내겐 안 좋은 기억이 있는 육교 밑을 지났다.

내가 스무 살 때, 친구 두 명을 그 육교 밑 버스정류장 내 바로 앞에서 차 사고로 떠나보냈다. 당시에는 당연히 수술을 받으면 다시 일어나서 "야 죽다 살았다"라며 농담을 던질 것으로 생각했는데, 의사 선생님이 심폐소생술 끝에 사망하였다고 말하니 이게 말이나 되는 일인지 도무지 믿을 수가 없었다. 퍼렇게 멍들어 있는 발을 만지면서 일어나라고 아무리 말해도 미동도 없는 친구 둘을 두고 같이 있던 친구들과 얼마나 울었는지 모른다. 그렇게 친구 둘을 아무런 준비도 없이 인생의 출발점에서 잃었다.

겨울 새벽 출근 버스는 언제나 쓸쓸하다. 멍하니 차 창밖을 보며 일터로 향했다. 순천에서 광양을 넘어가는 중 역시나 육교 밑을 지나는데. 대학생으로 보이는 남자 둘이 버스정류장에 서 있었다. 그 느낌이 꼭 먼저 떠나보냈던 친구들을 보는 것 같았다. 신호에 걸려 버스 안에서 그들을 보고 있는데. 만약 내 친구들이 살아있었다면 빚을 지고 시골로 내려온 나에게 뭐라고 말했을지 궁금했다. 아마도 친구들은 내게 "그깟 돈 때문에 풀이 죽어있냐? 아직 젊은데 뭐하냐!" "너 하고 싶은 일 하면서 멋지게 살아"라고 했을 것이다. 분명 그렇게 말했을 것이다.

그날 이후 새벽 출근길 창문에 기대어 졸다가도 육교 밑을 지날 때면 그런 잔소리를 들었다.

인생의 잔혹한 사실 하나는 우리가 내일 당장 사고로 죽더라도 그건 세상의 반칙이 아니다. 지금 이 순간에도 사고로 또는 병으로 많은 사람이 죽는다. 이건 외면하고 싶은 사실 중 하나다. 하지만 난 그때 잠시 잊고 살았지만. 먼저 떠난 스무 살에 머물러 있는 친구들이 알려주었다.

"우리 삶이 언제 끝날지 모르니 지금 이렇게 시간이 흘러가는 데로 날 놔두면 안 된다."

난 그 이후 다시 서울로 올라가 첫 책을 쓰고 작가가 되었다.

## '손절'을 당하다

가상화폐 열풍에 '손절'이라는 단어가 생겨났다. 그건 내가 구매한 코인이 하락하면 더 손해를 보기 전에 다시 팔아버린다는 말이다. 사람 사이에는 절교라는 말이 있지만. 가상화폐 때문에 생겨난 이 말이 흔해진 것 때문인지 이제는 '손절'이라는 말로 쉽게 관계를 끊어버린다. 나 또한 손절을 알게 모르게 당한 적이 있다. 해명할 기회도 주지 않고 해명을 듣고 싶지도 않다는 '손절' 인연 끊기.

요즘 세상에서는 싸우지 않아도 되고 더는 득 될 것 없으니 손절한다? 참 편리하고 쉬운 방법임이 틀림없다. 그런데 그 손절이라는 것을 하는 것이 대부분은 아주 사소하고 유치한 일이기 때문에 문제가 되는 게 아닐까 싶다. 조금 더 대화를 나누고 사과를 하면 될 일인데. 내 자존심을 한번 꺾기가 여간 힘들고 어려운 게 아니다.

자존감이 높지 않아서일까? 자존감이 낮으면 남는 건 자존심밖에 없다는데. 해서 그 사람보다 내 자존심이 한 번 상하는 게 더 큰

일이기에 해명할 기회를 달라 말하지 못하는 것이 아닐까? 결국, 내 자존감이 높았다면 지속할 인연일 수 있다.

굳이 모든 인간관계에 연연할 필요는 없지만. 나를 오해한 채 나라는 사람을 좋지 않은 기억으로 떠나보내는 것은 분명 잘못된 일이다. 수많은 오해와 화해가 반복되는 가운데 살아가는 게 삶이고 인간관계의 연속인데 그때마다 손절을 반복한다면 그것이야말로 '감정낭비'가 아닐 수 없다.

"외톨이가 되었다는 것은 어른이 되었단 거야."

기쁨과 슬픔 그리고 절망과 배신까지 다 배웠다면
이제 외로움을 배울 차례인 거야.
그러니 기쁜 마음으로 외로움을 배워봐.

## 잠시 거리를 둔다

결코. 거리를 두는 삶이 외롭다고만 생각하지 않는다.

그간 난 외로워지는 것이 두려워 사람을 내 영역 안으로 잡아당겨 가둬 두고 애정을 쏟아부었다.

그게 우정이며 사랑이라고 생각했으니까.

하지만 그렇게 겨우겨우 붙잡아두며 헌신하는 삶을 살아봤자 결국엔 '시절인연時節因緣'이란 말처럼 때가 되면 각자의 위치로 돌아가기 마련이다.

그때 사람들은 공허함을 느낀다. 텅 비어버린 마음에 빨리 다른 사람을 채워 넣으려 하지만

아쉽게도 악순환이 계속될 뿐이다. 그럼 텅 빈 마음에는 무엇을 넣어야 할까.

사람들에겐 각자의 공간에서 나라는 존재를 보살피고 바로 세우기 위해 스스로 돌볼 의무가 있다.

내가 무엇을 할 때 행복한지 알아야 한다.

내 공간 안에 자아성찰自我省察을 위해 사색하며 쉴 수 있는 의자도 놓아야 할 테고,

내 목표를 찾을 수 있도록 책과 책상도 필요할 것이며
또 내가 좋아하는 그림도 걸어 놓아야 한다.

이제껏 그런 공간을 혼자인 게 두려워 사람들로만 가득 채워버
렸으니 정작 나를 찾을 수 있는 여유가 없었을 것이다.
나를 위해 그들을 내 집에서 잠시 내보낼 결단이 필요하다.

잠시 거리를 둔다.

"우리는 모두 한데 모여 북적대며 살고 있다. 그러나 우리는 너
무나 고독해서 죽어 가고 있다."

- 알버트 슈바이처Albert Schweitzer (1875년 1월 14일-1965년 9월 4일)

입으론 "괜찮다" 말해도
진짜 아무것도 해주지 않으면
섭섭해지는 마음이 문제.

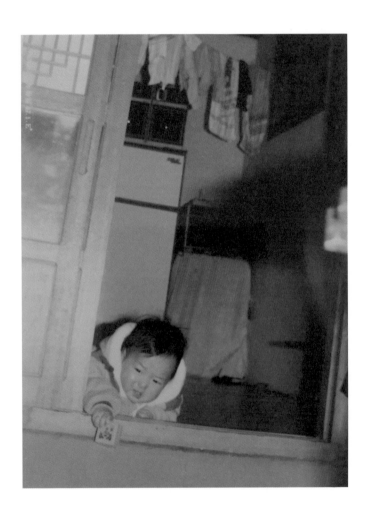

김 씨(전에 만나던 여자친구)가 남양주에 있는 카페를 가자고 한 적이 있었는데 운전하기 귀찮아서 헤어질 때까지 한 번도 가질 않았다. 그 얘기가 나오고 얼마 지나지 않아 헤어져서 그랬다지만. 지금은 그때 한 번 갈 걸 하는 아쉬움이 든다. 우리가 헤어지기 전에는 마음을 돌리려 대신 비싼 레스토랑에 데려갔었는데……. 정작 원했던 남양주에 데려갈 생각은 미처 못 했다. 명색이 작가인데 이렇게 사람 마음을 몰라서 어디에 써먹나 하는 생각이 든다.

많은 연인이 싸우는 이유가 그런 것 같다. 상대가 정말 원하는 건 남양주 카페에 가는 건데. 그저 비싸고 좋은 장소면 되겠지 하는 일방적인 생각. 중요한 건 공감인 걸 왜 몰랐을까. 마음은 돈으로 살 수 없는 유일한 가치인데 왜 잊고 살았을까?

내가 가난했을 때는 남들만큼 값비싼 선물은 못 해줘도 그녀가 원하는 것을 신중하게 고르고 골라 손편지와 함께 선물했었는데. 왜 지금은 그저 나에게 갖는 서운한 마음을 값비싼 선물로 때우려 했는지 모르겠다. 만약 우리가 헤어지기 전에 남양주 카페에 가서 기분 좋은 바람 부는 곳에 앉아 이런저런 이야기를 나누며 함께 시간을 보냈다면 혹시, 다시 가까워지는 계기가 되지 않았을까?

사람 마음조차 돈으로 해결할 수 있다고 생각하는 사람들도 많다.

아무리 많이 가진들 잠시 마음을 살 수 있을지는 몰라도

깊은 마음속 진심은 결코 돈으로 사서 볼 수 없다.

지금까지 살면서 느낀 건 나에게 진정으로 행복을 주는 것들은 값비싸지 않았다.

또 날 진심으로 사랑했던 상대가 원했던 것도 절대 비싸지 않았 단 것이다.


사랑이 지나고 떠오르는 추억들은

화려했던 장소와는 다르게 대부분

아이스크림 하나 물고 여름밤 동네를

산책하던 흔한 일상들이다.


사슴은 사자를 사랑해서 풀을 뜯어다 주었고,

사자는 귀찮아서 아무것도 주지 않았다

———

정말 사랑한다는 것을 무엇으로 증명할 수 있을까? 키스? 포옹? 나는 조금은 다르게 생각하는데, 그 사이를 증명하는 것은 귀를 파주는 거다. 귀지를 파주는 것만큼 가까운 사이가 있을까? 분명 어설픈 사이는 불가능하다. 매우 사랑하는 사이여야 하고, 그 사이가 무르익어 서로 신뢰하는 사이여야 가능하다 본다. 두근거림은 사라졌지만, 서로의 추억은 겹겹이 쌓여 뒷모습만 봐도 애잔한 사이. 그런 사이어야 가능하다 본다.

당시 토요일 오전이었던 걸로 기억한다. 봄날 오전의 창틀은 묘한 바람을 몰고 온다. 햇살을 타고 들어온 바람은 외롭지 않은 사람들에겐 향수를 불러오는데, 그럴 때 누군가가 있다면 꼭 안아주고 싶은 바람이었다. 한숨 푹 자고 일어난 네가 느닷없이 내 귀를 보더니, "오빠 내가 귀지 파줄까?"라고 했고 "아니 됐어"라며 부끄러워 거절하는 나를 기어코 무릎을 베고 눕게 하더니, 화장품 파우치에서 면봉과 요상한 도구를 꺼내 귀지를 파기 시작했다. 난 간질간질하고 조금 야릇한 기분이 들기도 했는데, 혹여 다칠까 봐 긴장돼 손을 움켜쥐고 무릎을 움츠렸더니 넌 그게 귀여웠던지 새어 나오는 웃음을 참고, 다시 귀를 파는 데 집중했다. 한참 파고 나서야 목이 뻐근했는지 고개를 뒤로 한 바퀴 빙~ 돌리고는 "자~ 끝났다~ 모아 논 귀지 좀 봐봐"라며 휴지 위에 쌓인 귀지를 보여줬다. 넌

113

대박이라면서 왕건이도 있다고 자랑하던 기억이 난다.

물론 우린 화려한 곳에서 식사도 했고, 낭만적인 여행도 다녔으며, 서로를 위했던 소소한 이벤트도 좋은 추억으로 갖고 있다. 그러나 유난히 그날의 토요일 오전이 그리운 건 왜일까? 사람들은 그때의 내가 그립다고들 한다. 누군가를 열렬히 사랑했던 내가. 물론 나 또한 그때의 내가 그립기도 하지만, 난 그런 사랑을 할 수 있게 만들어 주었던 상대방이, 자존심 상하지만…… 아주 가끔, 가끔은 그립기도 하다.


치부가 아무렇지 않았던, 그날의 내가 그리고 네가

차가운 물에 개구리를 넣어놓고 물 온도를 아주 천천히 올리면, 그 개구리는 물이 뜨거워지는 것도 모르고 죽는다는 이야기가 있다. 서서히 변하는 것에 반응하지 못하고 무관심한 사람들을 은유할 때 사용되는 말이 그 '끓는 물 속의 개구리boiling frog'다.

또 사랑에다가 갖다 붙이는 것이 뻔하고 식상하긴 하지만, 그 개구리와 오래된 연인들이 많이 닮았다는 생각을 떨쳐낼 수가 없다. 오래된 관계는 서로가 변하는 것을 알고서도 모른척한다. 귀찮고 또 감정을 쓰는 것에 지쳤기 때문에 그저 그대로 계속 흘러가기를 원한다. 나 또한 그랬다.

결국, 종말이 찾아온 순간엔 이미 뜨거워진 물에서 빠져나오기 어렵단 걸 알아챈다. 그제야 감정에 취해 호소를 해보지만, 그땐 이미 늦은 사이.

무엇이든 지켜내는 것이 가장 어렵다. 사랑은 시작과 함께 그 짧은 밀당의 시간이 끝나는 건 순식간이다. 그것에 비하면 사랑을 지키는 일은 둘 중 한 명이 죽어야 끝나는 긴 마라톤과 같다. 그 마라톤에서 지쳐가는 상대를 무시하고 뛰어간다면 뒤돌아봤을 땐 보이지 않은 만큼 너무 멀리 떨어진 것을 알 수 있게 된다.

설렘이 가득하던 사랑의 단면이 벗겨지고 민낯이 드러나면 기대했던 것보다 사랑은 형편없고 지루하며 심지어는 나를 고치려 들고, 때때로 하늘을 찌르던 자존심까지 꺾어 가며 사과를 요구하기도 한다. 왜 그런 사랑을 하느냐고 묻는다면, 단지 '외로움이 싫어서'라는 원초적인 이유 말고, 또 다른 이유가 있다.

그건 아마도 사랑을 할 때, 내가 더 괜찮은 사람이 되려고 노력하게 하기 때문이다. 사랑은 배려를 모르던 내가 습관과 생활 방식을 바꾸고, 자존심만 드세던 시골 총각이 미안하다는 말을 먼저 하게 만든다. 사랑하지 않고서는 결코, 바뀌지 않았을 나를 변화하게 한다.


사랑하는 이유

친구란 조건 없이,
사람을 대할 때 얻어지는 선물이 아닐까?

## 쓸데없는 소리

외로움은 나쁜 것이 아니라 말하지만, 나이를 먹어가면서 점차 느끼는 외로움의 단점은 '내 시시콜콜한 이야기를 들어줄 상대'가 줄어든다는 것이다.

내가 고등학생 시절 중화요리를 하는 삼촌을 둔 친구가 있었다. 학교 뒷문에서 20분쯤 걸어가면, 주공 아파트 단지 안 상가 2층에서 '주공반점'이라는 중국집을 운영하고 계셨다. 학교 점심 메뉴가 마음에 들지 않으면 친구들과 함께 쪼르르 달려가서 짬뽕이나 짜장면을 시켜 먹곤 했다.

그 당시 삼촌은 덩치가 아주 좋았고 인상이 무서웠는데, 아니나 다를까 과거 어두운 주먹세계에 잠시 발을 담근 적이 있었다고 했다. 뭐 어린 우리에게 농담한 것인지는 모르겠지만, 그때 그 어둠의 세계 이야기는 호기심이 가득하던 우리를 홀리고, 삼촌을 영웅화하기에 충분했다. 간혹 우리가 놀러 갈 때면 삼촌은 옛날이야기를 해주셨다. 그중 하나를 소개하자면, 조직에 들어간 지 얼마 되지 않아 다른 조직원과 술집에서 싸움이 일어났다고 했다. 하지만 상대 숫자가 너무 많아 삼촌은 이러다 맞아 죽는 거 아닐까 하는 생각에 나부터 살고 보자 도망가려 했단다. 그때 연락을 받고 나타난 삼촌이 속해 있는 조직에 두목이 발차기로 두세 명을 순식간에 때려눕히고, 나머지 놈들을 눈빛으로(!) 제압했다는 것이다. "그때 그 두목이 바로 너희들이 아는 OOO야!" 듣는 우리는 소름이 끼치고 입이 떡하고 벌어졌다. 그런데 그 이야기도 갈 때마다 듣다 보니, 나중에는 듣는 둥 마는 둥 했다.

그러던 어느 날 비가 왔다. 중국집은 비가 오는 날이면 사람들이 밖에 나가 외식을 하지 않고 집에서 시켜먹기 때문에 더 바쁘다. 그날 '주공반점'은 궂은 날씨 때문에 평상시보다 더욱 분주했다. 친구는 우리에게 삼촌 가게가 너무 바빠서 그런데 주방에서 양파를 까거나 홀에 서빙 좀 도와달라고 부탁했다. 나와 친구는 용돈을 준다는 말에 신이 나서 달려갔다. 일은 정신없이 바빴고 교복을 입은 우리가 주방에서 양파를 까고 서빙을 하고 있으니 손님들도 신기해했다. 정신없이 시간이 흘러 마감 시간이 되었고, 삼촌은 우리에게 술을 마실 줄 아느냐고 물었다.

학생 때 마신 술은 지금도 기억이 난다. 목이 따가운 정도로 썼다. 처음이자 마지막으로 피워본 담배도 그렇고 상상했던 것과는 달리 어른들의 세계는 쓴맛이었다. 삼촌은 잔에 소주를 따라주며, "이게 달게 느껴지는 순간 너희는 어른의 무게를 알게 될 거야"라고 했다. 지금 생각하면 너무 허세 가득한 멘트였지만, 그때는 그게 또 멋져 보였다.

삼촌은 어릴 적 친구들을 소중히 여기라고 했다. 나이를 먹으면 '내 별거 아닌 뻘소리'를 들어줄 친구가 줄어든다며. 그런 친구들은 내가 붙잡으려 해도 각각의 이유로 주변에서 떠나간다고 했다.

예전에 삼촌은 친구와 밤새 두 가지 주제로 이야기를 한 적이 있다고 했다. '신이 있느냐? 없느냐?'와 '지구는 사각형이다. 아니다. 지구는 둥글다'를 가지고 밤을 꼴딱 새우며 해가 뜰 때까지 이야기했단다. 그때 나도 어른이 되면 언젠가는 고독에 찬 남자의 넋두리로 밤을 새워보겠다 다짐을 했었다.

15년 정도가 흘러 이제 내가 삼촌 나이가 되었다. 고등학교를 졸업하고 한 번쯤 찾아가려 했는데. 그전에 폐업하고 대전 어딘가에서 다른 일을 하고 계신다고 들었다. 지금 내 주변엔 삼촌이 말 한 대로 '지구가 둥근지' '신은 정말 있는지' 영양가 없는 시시콜콜한 농담을 들어줄 친구들이 몇 남지 않았다. 얼마 전 친구를 만나 "야 나 성욕이 없다. 남자 성욕이 1%만 줄었어도 지구의 인간은 종말했을 거라던데"라는 이야기로 한참을 떠들었다.

사회에서 만난 사람들도 분명 중요하지만, 그들에게는 내 성욕에 관한 말을 할 수는 없다. 반말보다는 존댓말이 편한 사이도 마찬가지다. 분명 시시콜콜한 농담을 주고받는 사이는 가벼워 보이

지만. 실상 가장 단단한 쇠사슬로 연결되어 있다. 이제 그런 친구
가 줄어든다는 것은. 나 자신에게까지 숨기고 싶은 비밀 아닌 비밀
이 되었다.

## 돈이냐 사랑이냐 그것이 문제

　2018월드컵 경기를 친구들과 모여서 보기로 했다. 건대 앞에서 호프집을 운영하는 친구가 있어 이런 행사가 있는 날이면 늘 그곳에서 친구들과 모였다. 3층짜리 건물에 2층을 쓰고 있었다. 계단을 따라 올라가면 바로 오른편에는 아담한 야외 테라스가 있고, 왼쪽으로 들어가면 실내가 드러난다. 축구를 볼 수 있는 스크린은 실내에 있었지만, 야외 테라스에서도 실내가 보여 우리는 테라스에 자리를 잡기로 했다. 친구 호프집은 주메뉴가 닭요리였다. 후라이드는 기본이고 근위 볶음이나 튀김 요리도 하는데, 친구가 만드는 튀김은 기름을 갈지 않았는지 색이 마음에 들지 않아 난 좋아하질 않았다. 먼저 도착한 친구와 나는 간단히 맥주를 마시는데, "야 우리 회사에 친한 형이 있는데 글쎄 이번에 건설회사 회장 딸과 결혼을 한데. 장인어른이 강남에 40평대 아파트를 해줬대. 역시 인생은 한방이야"라는 친구의 말을 시작으로 수다를 떨었다. 또 회사에서 아무리 일을 해봐야 직장인이 1억을 모으려면 10년이 걸리느니 마느니 하며, 신세 한탄을 쏟아 냈다.

　나 같은 인간은 '진실한 사랑' 운운하다가도, 나에게도 그런 기회가 오면 결혼을 도피처로 삼을 마음이 내재 되어 있는 것 같다. 당장 내일이라도 내가 넘어서기 힘든 재력과 능력을 갖춘 사람이 나타나 "당신 이제 일하지 마. 내가 해외여행 분기별로 보내주며 편하게 살게 해줄게."라며 결혼하자고 한다면. 또 거기에다 외모까지 내 취향이라면. 성격쯤이야 내가 맞추면 되지 않을까……? 하는 생각?

하지만 그런 사람과 함께 산다면 과연 내 삶의 주체가 내가 될 수 있을까? 내가 누군가의 남편이고 또는 누군가의 부인이기 전에 오롯이 내가 나인 채로 말이다. 결혼에 관해 능력이냐 사랑이냐에 대한 갈림길에 서 있는 사람들이 많이 있다. 모든 선택에는 각각의 장단점이 있다. 어떤 사람을 만나야 행복하게 살아갈 수 있느냐에 대한 고민인데. 물론 돈이 많은 사람과 결혼해서 잘사는 사람도 봤고, 얼마 못 살고 이혼하는 사람도 봤다. 하지만 확실한 사실 하나는 스스로 자생할 수 없는 삶은 불행해지기 마련이다. 돈이 많은 사람과 결혼했다 해도 자기 스스로 충분히 살아갈 수 있는 능력을 갖추지 못한다면 불안한 삶을 살게 된다. 믿을 수 있는 건 그 사람의 변하지 않을 마음뿐인데. 만약 마음이 변해 내가 이 사람에게 버림을 받는다면 나는 이제 어떻게 살아야 하지? 라는 생각이 드는 순간. 돈이냐 사랑이냐보다 더 큰 딜레마에 빠질 것이 분명하다.

역시 회사를 관두지 못하는 이유와 비슷하다.

사람은 사람을 잘못 선택한 벌로,
그 사람을 닮아 버린다.

우린 좋은 사람들을 많이 만날 필요가 있다. 또는 닮고 싶은 사람 옆에서 살아갈 의무가. 이유를 묻는다면, 지금의 나는 과거의 누군가에 의해 완성된 사람이기 때문이다. 아프리카 남수단에서 병원과 학교를 짓고 헌신적인 삶을 살다 간 故 이태석 신부의 제자들이 대한민국 의사시험에 합격했다는 뉴스를 봤다. 그들은 '존 마엔 루벤'과 '토머스 타반 아콧'이였다. 뉴스에서는 故 이태석 신부의 업적을 소개하고, 의사 가운을 입고 있는 제자들을 인터뷰했는데, 그들이 했던 말은 같았다. "신부님의 모습을 보고 감동했고 신부님을 닮고 싶었어요."라고 하였다. 그들의 인생이 한 사람의 삶으로 인해 바뀌어 버린 것이다.

이처럼 우리를 둘러싸고 있었던 사람들에 의해서 현재의 내 모습이 만들어졌다고 해도 과언이 아니다. 나는 가끔 내 모습에서 아버지를 발견하고 또 어머니를 발견하고 그렇게 싫어했던 직장상사의 모습을 발견하기도 하는데, 심지어는 예전 여자친구의 모습을 발견하기도 한다.

때로는 어떤 문제에 직면했을 때 '이 사람이라면 어떻게 행동했을까?' 생각하기도 하고 또 공자의 책을 읽을 때는 공자처럼 행동하려고 한다. 좋아하는 드라마에 깊게 빠져있을 때는 잠시 그 주인공처럼 행동하기도 한다.

다시 한번 말하지만, 우린 존경하는 사람들을 많이 만날 필요가 있다. 반대로 악한 영향을 끼치는 사람들은 멀리 둘 용기도 필요한데, 절대 그 사람을 바꿔보겠다는 생각으로 만나서는 안 된다. "악화가 양화를 구축한다. Bad money drives out good."는 말처럼, 순수한 사람일수록 더러운 것에 쉽게 물들 수 있다. 즉, 우리 삶은 누구와 거리를 좁히느냐에 따라 '내' 자신이 바뀐다. 그래서 우린 언제나 현재 내 모습을 의식하며 살아야 한다. 내가 지금 누구와 닮아가고 있는 것인지.

지금 내 모습이 마음에 들지 않는다면

———

 회사 동기가 입사한 지 얼마 안 된 직원에게 분위기를 잡고 있었다. 혼을 낸다기보다는 따지는 듯한 분위기였다. 신입직원은 고개를 숙이고 듣고 있었고 뭐 내 부서가 아니니 딱히 신경 쓸 일은 아니었지만 나름 싹싹해 보이던 친구였는데, 더군다나 이런 조용한 회사에서 혼을 내는 일은 드문 일이었기에 궁금함이 더했다. 마침 그 동기가 커피나 한잔하자는 말에, 옥상에 올라가 아까는 무슨 일이었냐 물었다.

 "야. 아까 무슨 일이야. 왜 분위기를 잡고 그래 신입에게"
 "아니. 매번 인사를 안 하고 그냥 가잖아"
 "인사? 네가 못 들은 건 아니고?"
 "아니라니까 매번 그냥 가. 어제도 그냥 가길래 오늘은 한마디 했지."
 "그래? 먼저 퇴근하는 게 미안해서 그런 게 아닐까?"
 "야 내 성격 몰라? 6시 땡 하면 바로 가라고 했지. 됐고 다음부턴 잘하겠지."
 "그래……. 그러겠지."

 사회에 첫발을 내딛는 신입 사원에게 직장 선배로서 그 정도 주의는 줄 수 있다고 생각했다. 오지랖인 것은 알지만, 왜 인사를 안

하고 그냥 갔는지는 이해는 가지 않았다.

　평소에는 야근하지 않지만, 월말이면 하루 정도 야근을 한다. 거래처마다 수익을 정산해 메일을 보내야기 때문에 월말이 찾아오면 온 신경을 쏟아부어야 했다. 정산 숫자가 1원이라도 틀리면 그 원인을 찾아내서 처음부터 다시 계산해야 했기에. 가장 민감한 시간이다.

　그날이 그 월말이었다. 9시가 되자 직원들은 거의 다 퇴근하고, 저 멀리 타부서의 동기와 신입만이 남아있었다. 10시가 다가오자 동기 놈도 퇴근하고, 그 신입직원과 나만 남았다. 끝과 끝, 서로 있다는 의식만 할 뿐 대화도 한번 나눠 본 적이 없었으니. 그때 굳이 "언제 퇴근하세요?"라든지 "오늘은 늦네요."라는 말도 하지 않았다. 그저 빨리 끝내고 집에 가고 싶은 마음뿐이었다.

　얼마나 지났을까 끝자리에서 의자 집어넣는 소리가 들리더니 조용히 나가는 소리가 들렸다. 오. 역시나 동기의 말이 맞아떨어진 것이다. 아무리 멀리 떨어져 있다고 해도 들어간단 인사 정도는 할 수 있지 않을까? '역시 예의가 없는 사람이구나'라고 속으로 되뇌었다. 이제 나도 컴퓨터를 끄고 옷을 챙겨 문을 나섰다. 엘리베이터를 기다리며 빨리 들어가서 따뜻한 물에 몸을 녹이고 싶다는 생각만 가득했다. 엘리베이터 문이 열렸고, "팀장님" 하며 인사하는 신입 사원 손에는 커피가 들려있었다.

• • •

찬바람이 무색할 정도로 손에 쥐고 있는 커피는 따뜻했다. 커피를 덮고 있는 리드 구멍으로 끊임없이 김이 새어 나왔다. 난 택시를 잡는 방향으로 같이 걸으며 물었다.

"오늘은 왜 야근하셨어요? 보통 신입 사원은 야근 안 시키는데."

"아~ 제가 전임자에게 인수인계를 다 못 받아서 부탁드린 거예요. 마감 업무가 어려워서."

"일이 많이 어렵죠? 저도 처음엔 뭐가 뭔지 하나도 모르겠더라고요."

"뭐 항상 혼나죠. 그런데 김 팀장님이 너무 잘 알려주셔서 앞날이 걱정되진 않아요."

"김 팀장 그놈이 많이 괴롭혀요? 특전사 출신이라 선후배 예의범절에 좀 민감한 게 있어요. 그것만 조심하면 정말 좋은 사람이에요."

"아니에요! 정말 잘해주세요. 혼난 적 딱 한 번밖에 없어요."

"아~ 맞아 그때 왜 혼나신 거예요?"

"다용도실에서요? 보셨어요? 인사 안 했다고 혼났어요."

"일부러 안 하신 거예요?"

"네~ 뭔가 다들 일에 집중하시고 바쁜데, 제가 그 흐름을 깨고 싶지 않았거든요. 인사가 방해될 것 같아서⋯⋯. 그래서 눈치껏 슬그머니 빠져나간다는 것이⋯⋯."

"아⋯⋯. 그래서⋯⋯."

오래전 일인데 아직도 그 일이 기억에 남는다. 그 신입사원은 나름 배려를 한 것이다. 회사 생활을 하다 보면 간혹 내가 너무 미성숙하다는 걸 느끼고, 더해 내 옹졸한 생각에 수치심을 느끼기도 한다. 나 빼고 다들 너무 어른스러워서, 난 아직 철없는 어린애 같아서, 부끄러울 때가 한두 번이 아니다. 그래서 늘 배우게 된다. 윗사람에게는 처세를, 나보다 아랫사람에게는 배려를.

돌이켜보면 가장 힘들었지만 나 자신을 가장 많이 변화시킨 곳도 회사다. 그건 부인할 수 없다. 오늘도 그 친구에게 수업을 받았으니 수업료로 지갑에서 만 원짜리 몇 장을 꺼내, 오늘 커피값과 함께 택시 타고 가라는 핑계로 찔러 넣어주고는 뒤돌아 가는데, 내 어린 마음이 창피했다.

나만 빼고 착한 세상

간절한 일이 없으면
삶은 지루해진다.

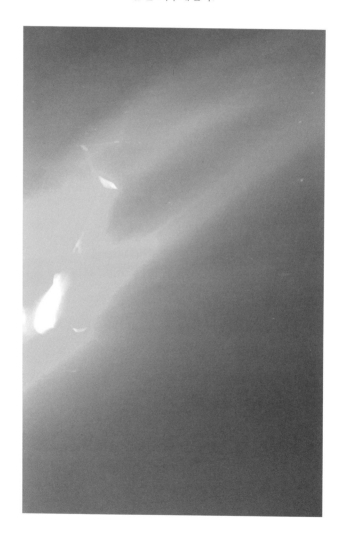

삼십 대가 되어서 가장 두려운 사실과 마주하게 됐다. 그건, 어쩌면 내가 지극히 평범한 사람으로 살게 될지도 모르겠단 사실이다.

누구든 그랬겠지만, 나의 유년 시절은 꿈으로 가득 차 있었다.

어릴 적 내 책장은, 부모님이 사주신 과학전집으로 꽉 차 있었다. 난 그중에 유독 '세계 사슴벌레 대도감'이란 책을 좋아했는데, 그 책을 펼칠 때면 난 어른이 되어 세계 곳곳을 여행하며 그 사슴벌레들을 만나는 상상을 하곤 했었다. 난 당연히 어른이 되면 그런 멋진 삶을 살게 될 거라 생각했는데, 막상 어른이 되고 삼십 대가 되어보니, 회사의 좁다란 책상 1 제곱미터 안에서 반복되는 삶을 살 거라곤 예상치 못했다.

지금은 받아들이며 살고 있지만, 어릴 적 누군가 나에게 와서 "당신은 어른이 되면 평생 그렇게 살게 될 겁니다"라고 했다면, 아마 난 사형선고를 받은 것이나 다른 바 없었겠다는 생각이 든다. 이렇듯 내 미래를 알게 된다는 것은 허무한 일이 아닐까 싶다. 일할 때도 그렇다. 예측이 가능하고 계산이 된다는 사실을 알았을 때, 안심은 하게 되지만, 호흡은 잦아들고 더는 심장이 요동치지 않는다.

한 6살 때였을까? 할머니는 내 손을 잡고 동네를 돌아다니면서 손주 자랑을 그렇게 하셨다. 경로당에 데려가서는 노래를 하게 하셨고, 그러면 나는 멋지게 자세를 잡고 경로당에 모이신 할머니 할아버지들 앞에서 멋들어지게 노래를 부르곤 했었다. 당시 불렀던 노래는 그때 한참 유행하던 '걸어서 저 하늘까지'를 불렀던 거로 기억한다. 아무튼, 내 손에 쥐어진 길 다란 모든 것은 마이크가 되었고 지켜보는 사람만 있다면 그곳이 어디든 무대가 되었다. 그때 난 내가 가수가 될 거란 사실을 믿어 의심치 않았다. 아 참, 그리고 가수이면서 또 세계 곳곳을 돌아다니며 사슴벌레 채집도 하는.

하지만 어른이 된 지금 내 삶은 그런 화려한 삶과는 거리가 멀다.

이번 연도에는 월급이 올랐다고 기뻐하고, 요청했던 컴퓨터 업그레이드를 해줬다고 좋아하며, 퇴근 후 맥주 한잔에 반신욕을 즐기며 사는 이 평범한 삶에 만족한다. 하지만, 더는 빨리 뛰지 않는 심장이, 내 이 평범한 삶에 평범한 존재로 살다가 삶이 끝날지도 모른다는 생각에 말로는 설명하기 힘든 안타까움과 아쉬움이 따라다닌다.

곤충을 채집하는 가수의 삶은 화려해

내가 초등학교 3학년 때 집에 불이 났다. 우리 집 1층에는 철물점이 있었고, 우리 가족은 2층에 살고 있었는데, 1층 철물점에 불이 나면서 위층에 있던 우리 집까지 불이 옮겨 붙어버린 것이다. 당시 119를 불렀지만, 좁은 골목 때문에 쉽사리 들어오질 못했고, 일분일초가 무섭게 불은 타올랐다. 새벽에 부모님은 우리를 먼저 대피시키느라 아무것도 들고나오지 못해 발만 동동 구르고 계셨고, 마을 사람들이 모두 나와 지켜보고 있었다. 아버지는 뭔가 생각난 게 있었는지 주변 사람 만류에도 불구하고 가져올 것이 있다며, 아직 불이 덜 번진 2층으로 들어가겠다고 하셨다. 엄마와 누나는 울며불며 아버지를 붙들어 말렸고, 나는 아빠와 같이 들어가겠다며 어서 들어가자고 아버지를 떠밀었다.

당연히 나는 들어가지 못했고, 아버지는 젖은 옷으로 코를 막고 들어가셔서 여러 물건을 들고나오셨는데, 그 물건 중 하나는 사진첩이었다.

우리 가족은 2년에 한번(?) 명절 때나 돼야 그 사진첩을 열어본다. 누렇게 색이 바랜 두꺼운 사진첩을 열면 한 면에 두 줄로 여섯 장씩 얇은 비닐 사이로 들어있는 사진들……. 한 장 한 장 넘길 때마다 비닐끼리 달라붙어 있어, 넘길 때마다 자주 열어보지 않는다며 쫘아악~ 호통 소리를 내는 그리고 쾨쾨한 냄새. 그 냄새가 정겹다. 만약 그때 사진첩이 불에 타버렸다면, 내 어릴 적 추억은 온전히 기억으로만 회상해야 하는데, 순간 그 사진첩이 너무 소중하게 여겨졌고 한편으론 아찔했다.

요즘 사람들은 핸드폰을 통해 세상을 본다고 말한다. 콘서트장에서도, 불꽃 축제에서도, 유치원 재롱잔치에서도 핸드폰을 통해서만 본다며, 그것이 잘 못 됐다고들 한다. 하지만 각자 추억의 방식이 다를 뿐이지 틀린 것은 아니라 생각한다.

나에게 사진은, 책을 읽다 기억하고 싶은 문장의 페이지를 접어두듯이, 내 기억의 한 페이지를 접어두는 것이라 생각한다. 나는 매년 가을에 열리는 여의도 불꽃 축제를 보러 가는데, 그 순간을 잊지 않으려는 사람들로 가득 차 있다. 그곳에 모인 사람들은 하늘에 번지는 불꽃을 또. 옆에 있는 사랑하는 사람을 다들 각자의 방식으로 담고 있다.


사랑하고 사랑받은 증거들

지금은 날 더 사랑하는 사람 위에
내가 군림하며 있지만.

사랑의 끝에 승리자는 언제나
날 더 사랑했던 사람이었다.

———

월요일 아침으로 기억한다. 출근준비를 하는데 아침부터 웬일인지 동생에게 전화가 왔다. 지난밤 새벽에 김 씨 열이 39℃ 가까이 올라, 병원으로 데려가 입원을 시켰다는 것이다. 나에게 전화하려는 걸 김 씨가 막아서 아침이 돼서야 연락을 한 것이라고 했다. 난 전화를 끊고 부랴부랴 병원으로 향했다.

내가 도착했을 때 마침 수액을 빼고 있었다. 겉옷을 주섬주섬 챙겨 입고 있는 김 씨를 그저 옆에서 지켜보며, 말을 걸까 말까 고민을 하다 조용히 말을 걸었다.

"몸은 좀 어때"
"괜찮아. 나 이제 출근할 거야. 너도 이제 출근해"

내가 올 줄 예상 한 건지, 아니면 모든 걸 내려놓은 건지, 날 보고도 놀라지 않았다. 얼굴은 창백한 데다, 밤새 열은 얼마나 올랐었는지 입술이 바짝 말라서 각질까지 올라와 있었다. 안쓰러운 마음에 어떻게든 챙겨야겠다는 생각이 들었다.

"내가 집까지 데려다줄게"
"아니 그냥 가……."
"그럼 여기 지하에서 밥은 먹고 가자. 아니면 죽 좀 사 올까?"

"아니 됐다고! 언제부터 나 챙겼다고? 소리칠 힘도 없어 그냥 가"

맞다 소리칠 힘도 없어 보였다. 그래도 그냥 가기엔 발걸음이 떨어지지 않았다.

"그럼 택시만 잡아줄게"
"하…….알았어"

그냥 가지 않을 내 고집을 알았는지 마지못해 허락했다. 가는 길에 은근슬쩍 부축하려니까 팔을 뿌리치기에 뒤에서 졸졸 따라 정문을 벗어나 택시를 기다리는데, 내내 정적이 맴돌았다. 그러던 중 김씨가 정적을 깨며 말했다.

"너 때문에 아픈 게 아니야. 죄책감 같은 거. 아니 혹여나 마음 남아있다고도 느끼지 마. 그냥 지금까지 온몸에 힘을 주고 살았나 봐. 일이며 연애며 가족까지……. 노력하면 다 잘 할 수 있을 거라 여겼는데, 그런데……. 이제 너부터 하나 놓고 보니까 좀 살겠어.
"미안해…… 그간 내가 너무 바빠서…… 일 때문에 스트레스가 심했어. 못 챙겨서 미안해."
"아니 사실 오빠 잘못이라곤 없어. 바쁜 걸 어떡해. 그런데 괘씸한 게 있어. 내가 오빠를 필요로 한 걸 알면서도 모른 척했잖아. 그게 늘 날 초라하게 해."

"그런 거 아니야 오해야……."

"난 늘 오빠가 부족했어. 사랑하는 사람이 있는데도 외로워서, 비참해서……. 혼자라면 비참하진 않아. 아니 말해 뭐해. 이제 그만하자. 헤어지자."

아픈 사람치고는 말을 너무 잘해서 뭐라 대꾸를 할 수도 없었다. 사실 그날 간호하면서 어떻게든 마음을 돌려보려 했는데, 그건 나만의 착각이었다. 그 어리버리하고 나밖에 모르던 네가, 이렇게 변한 건 다 내 탓이다. 넌 날 떠나지 않을 거란 내 믿음에 널 내버려 둔 것이다. 마치 신경도 쓰고 있지 않다가 잎이 바싹 마른 걸 보면 그때야 화초에 물을 주는 것처럼……. 난 그렇게 널 고문하고 있었나 보다. 가끔 사람들은 이별하고 나면 이유 없이 크게 앓는다. 감기도 아니고 몸살에 가까운 증상인데, 아마 '이별통'이 아닐까? 이미 앓았어야 했는데. 참고 있다가 헤어지고 나서야 몰아서 아파 버리는 일. 내가 병균이었던 일.

나는 당신이 부족해 울었다

140

───

　사귄 지 1년 정도가 되면 연애 초기의 매너 있고 젠틀한 행동이
나. 수줍고 부끄럼 타던 모습이 점차 사라진다. 그 모습 대신 속옷
만 입고 있거나 방귀를 뀌거나 머리를 안 감고 있는 모습? 물론 편
해지면 그런 모습이야 얼마든지 수긍이 된다. 그런 모습까지 사랑
스러워 보이는 게 사랑이니까.

　한데 문제는 흐트러져 있는 겉모습뿐만 아니라 추한 내면의 모습
까지 사랑해 주기를 원한다는 것이다. 솔직하게 털어놓는다며 남의
말을 하거나. 또는 불행한 가정사를 서슴없이 꺼내어 내 마음에 상
처를 공유하게 하고. 미래의 불안함과 불확실성을 고백하며 상대
에게 의지하려 한다. 이런 말을 듣고도 나를 사랑해 준다면 '이건
진짜 사랑이야'라며. 사랑을 시험하고 증명하며 안도감을 느낀다.

　얼마 전 선배와 선릉의 한 포장마차에서 술을 마셨다. 최근 상견
례를 한다고 했던 터라 오늘 청첩장을 주려나 했는데. 바로 그 전
주 결혼을 엎고 헤어졌다고 했다. 뜻밖의 발언에 얼이 나가 있는
나에게 '넌 이유는 안 물어보냐?'고 하는데. 난 '형이 그런 선택을
한 것엔 그만한 이유가 있지 않았을까요? 아니 솔직히 궁금해요.
이유가 뭐예요?'라고 했더니 멋쩍게 웃으며 말하는데. 그 이유는
'부담이 되어'라는 것이다. 너무 사랑하고 너무 사랑받는데 늘 불안

하고, 바라기만 하는 그녀의 무게에 버틸 수 없었다고 했다. 자신도 기대고 싶고 의지하고 싶은데, 그럴 곳이 되어주지 못했다고. 불안한 자신을 보면 더 불안해하기 때문에…….

전문직에 집안도 좋고 늘 밝고 좋아 보였기 때문에, 내 눈엔 그 형의 삶은 아무런 문제가 없어 보였었다. 처음으로 축 처진 어깨를 보니 그간의 고충이 보이는 듯했다.

프랑스의 철학자이자 정신분석학자인 '자크 라캉Jacques Marie Emile Lacan'의 "인간은 타인의 욕망을 욕망한다."라고 한 말처럼 사람은 태어나면서부터 남의 기대에 부응하기 위해서 노력하며 산다. 아이는 부모의 욕망을, 직장인은 사장의 욕망을, 즉 나에게 기대를 하는 대상의 욕망을 만족시키려 한다. 형이 그랬다. 그 예비신부의 욕망을 채우기 위해서 노력했지만, 그 끝없는 욕망에 도망을 쳤단 것이다.

가끔 연인들은 상대에게 부모 같은 조건 없는 희생과 사랑을 기대한다. 사랑하는 사람이 내 모든 것, 심지어 단점까지 사랑해 주길 바라는 것은 욕심이다. 그런 이기적인 생각을 무의식에 품고 있는 나에게도 거리를 둬야 한다.


날 좀 사랑해줘, 너 자신보다 더

같이 있을 땐 좋다가도 혼자 있으면 드는 의구심이 있다.

'과연 이게 사랑일까?'

'난 정말 그를 사랑하는 것일까?'

매번 사랑에 대한 의심이 든다.

그가 어떠한 확신을 심어주지 않았다기보다.

사실 내 마음에 확신을 내리지 못한 경우가 많다.

아직 더 좋은 인연이 기다리지 않을까.

아직 나 정도면 내 나이면 더 좋은 사람을 만날 기회가 많을 텐데.

나 너무 이른 선택을 한 것이 아닐까.

그런 마음가짐은 사랑뿐만 아니라 모든 일에도

최선을 다하지 못하게 가로막는다.


내가 그렇게 살아왔다.

돌이켜 과거의 모든 일을 생각해보면

난 그 많은 기회를 얻고도

단 한 번도 최선을 다한 적이 없다.


자격이 없는 사람

긍정적인 마음을 품기란 참으로 어려워,
애써 좋은 마음을 품어도
금세 누가 들어와 흙탕물이 되도록 휘저어 버리지.

#03
---
Chapter

무언가에 집착한다는 것은
그만큼 외롭다던가.
괴롭다던가.
잊고 싶다던가.
바뀌고 싶다던가.

—

   그렇게 멋 부리기 좋아하는 음악 하던 친구가 있었다. 고등학교 때부터 밴드 활동을 하다. 서울로 올라가서는 음악학원에서 레슨을 하며 가수의 꿈을 키우던 친구였다. 그 친구는 방 한 칸을 옷에다 내주었는데. 놀러 갈 때면 신발도 많아서 난 가끔 신발과 옷을 중고로 사 오곤 했었다. 어느 날 학원에서 만난 여자와 결혼을 하고서는 음악을 관두고 회사에 다니기 시작했고, 얼마 안 가 아이를 가지고 나서는 옷 좀 가져가라고 전화가 왔었다. 이건 명품이니 이건 그냥 못 주겠다며 80% 깎아 줄 테니 돈 주고 사 가라는 둥. 이건 한정판이니 뭐니 하며. 정을 떼기 아쉬웠던지 이런저런 핑계로 보내지 않으려는 게 역력했다. 아. 그리고 집에 피아노와 기타가 보이지 않았다. 늘 거실 모퉁이에 자리 잡고 있던 기타와 전자피아노였는데.

   두세 벌만 가져가려던 게 생각보다 많아 차 뒷좌석에 실었다. 옷을 얻은 김에 저녁을 사겠다고 하니, 어머니가 오신다며 다음에 날을 잡자고 했다. 배웅을 나온 친구에게 이제 더 음악은 하지 않을 거냐 물었다. 친구는 밝은 모습으로 "난 이제 새로운 꿈이 생겼다. 지금 아들인지 딸인지는 모르겠는데. 그 아들인지 딸인지를 잘 키우는 것. 화목한 가정을 이루는 것이 이제 내 꿈이야! 너도 알잖아 나 할머니가 키워주신 거. 난 빨리 가정을 이루고 싶었다. 안정적이고 싶어"라고 말했다. 너무나 가슴 뛰어 보였고 즐거워 보여서 아이가 생겨 어쩔 수 없이 음악을 포기하는 아쉬움 따위는 내 눈으론 찾을 수 없었다.

그래 꿈이 꼭 일이어야 하나. 꿈이 꼭 직업이어야 하나. 꿈이 꼭 의사, 판사, 검사, 가수나 배우. 이런 것이어야 하나. 집단 체면에 걸린 것도 아니고. 꼭 직업이어야 하나 하는 생각이 든다.

가정이 생겨 꿈을 포기한 사람들을 안쓰럽게 보는 사람들이 있다. 난 꿈을 사실 결핍에 의한 집착이라고도 생각한다. 현실에서 도피하기 위해 무언가에 집착하며. 난 잘살고 있다. 난 누구보다 열심히 살고 있다. 위안 삼는 것일 수도 있다. 그 내면엔 애정결핍이 있을 수도 있고. 불우한 가정환경 탓에 갖게 된 성공에 대한 집착. 또는 누군가에 대한 증오와 분노로 경쟁을 하고 있을 수도 있다.

내 친구도 결혼하면서 집착의 원인이 사라져 버렸으니. 더 음악이란 꿈에 매달리지 않는 것일지도 모른다.

꿈을 꾸는 사람은 배고프지 않다고 한다. 가끔 TV에서 고시원 단칸방에서 라면으로 끼니를 때우며 음악을 하거나. 공부를 하며 자신만의 꿈을 키우는 사람들을 보게 된다. 그들은 정말 꿈이 있어서. 라면 하나 먹으면서도 창문도 없는 좁은 고시원 방안에서도 행복한 걸까? 아니면 난 꿈이 있으니 행복한 사람이야 라며. 난 행복해. 난 행복해. 주문을 외우는 걸까? 어쩌면 무언가에 대한 도피나 집착이 아닐까.


아픈 꿈

## 인맥 자랑

    살다 보면 자신의 인맥을 자랑하는 사람이 있다. 자기가 얼마 전에 OO 회장 아들과 저녁을 먹었다든지, 자기 친척 중에 엄청난 부자가 있다든지 또는 유명인과 찍은 사진을 보여주며 친한 사이라고 자랑을 늘어놓는다. 마치 자기가 전화만 하면 그 사람이 물심양면으로 도와줄 것처럼 말이다. 그런 사람들은 늘 전화기를 붙들고 산다. 그 모습이 대단해 보이기도 하지만, 한편으론 아직 그렇게 많은 인맥을 가지고도 정작 본인은 별다른 성공을 이루지 못한 것은 아이러니다.

    그런 사람들의 특징은 늘 사업을 구상하기 바쁘다. 마치 "아직 내가 사업을 시작하지 않아서 그렇지 사업만 시작하면 내 인맥들이 도와줄 거야."라고 하는데. 그런 사람치고 아직 잘된 사람을 본 적은 없다. 내가 너무 부정적인 시선으로 바라보는 건지는 모르겠지만, 내 경험상 가족 외에는 인맥으로 도움받을 수 있는 범위에는 한계가 있다. 시장의 가격은 정해져 있기에, 사과는 하나에 삼천 원인데 친하다고 해서 내 이윤까지 손해 보며 팔진 않는다. 만약 이윤을 남기지 않고 팔 때는 그 사람이 그럴 만한 가치가 있을 때이다. 세상에 손해 보며 장사하는 사람은 없다. 결국, 내가 보답할 수 있는 능력이 없다면. 상대에게 난 인맥이 아니라 민폐다.

과시는 결핍이다.

## 간절한 친구

어머니와 달리 아버지에겐 아주 가깝게 지내는 친구가 없으시다. 늘 홀로 산에 가서 난초를 캐는 것이 취미인데, 그런 아버지도 친구가 없다는 것을 조금은 부끄럽게 생각하시는 것 같기도 하다. 가끔 약주를 드시면 "친구를 잘 사귀어야 해, 너무 믿지 말고"라고 말씀하신다. 내가 어릴 적만 해도 아버지에겐 의류사업을 하던 아주 친한 아저씨가 계셨는데, 그 아저씨가 사업을 시작할 적에 아버지가 발 벗고 나서서 내 일처럼 도와주셨다. 한데 아버지가 어려워져 도움을 청하자 그 아저씨는 단칼에 외면하셨다. 그 충격에 지금껏 아버지는 친구를 깊게 사귀지 않는 것인지도 모른다.

누군가 인생에 진정한 친구 한 명만 있으면 성공한 인생이라 했다. 하지만 난 그 말을 썩 좋아하진 않는다. 진정한 친구라는 기준을 정하기도 애매하고, 그 유효함이 언제까지 지속될지도 모를뿐더러, 섣불리 '넌 내 진정한 친구다'라고 정하는 것도 사실 우스운 일일지 모른다. 그저 그렇게 믿고 싶은 걸지도.

나이를 먹을수록 친구는 줄어든다. 그래서 지금 내 곁에 남아있는 몇 안 되는 사람에게 너무 많은 기대를 하고, 이 사람마저 떠나지 않을까 노심초사하며 지나치게 잘해주며 살지는 않을까?

인생에 아쉬운 단면은 '믿는 만큼 상처받는다'는 것이다. 그렇다고 모든 사람을 경계하며 사는 것도 문제겠지만…….

단지 내가 하고 싶은 말은 유일한 친구라고 해서, 모든 것을 올인 하며 힘들이지 말았으면 좋겠다. 주먹을 세게 쥘수록 빠져나가는 모래를 떠올리며, 조금 힘을 뺀 상태로 사람을 대했으면 한다.

## 내가 놓으면 멀어져 버리는 관계

내 핸드폰에는 연락처가 200명 정도가 저장되어 있는데.

문득 다른 사람들은 얼마나 저장되어 있나 궁금해져

내 나이와 비슷한 30대 지인들에게 물어보니 평균적으로 300명 정도 있단다.

한데 그들도 연락처를 훑어보면 대부분 모르는 이름투성이란 것이다.

그래서 내 연락처의 사연도 조금 들여다보았다.


전 직장 사람들, 술자리에서 한두 번 본 인연.

또 군대 동기들, 부끄럽지만 미련을 버리지 못한 여자들(?)

또 그보다는 더 가까운 사람들로 구분해 보면.

한 달 전에도 만났지만 내가 먼저 연락하지 않으면 연락이 오지 않는,

달리 생각하면 괘씸한 하지만, 가끔 만나 밥을 먹으며

세상 돌아가는 이야기를 나누며 스트레스를 푸는.

그래서 내가 늘 먼저 연락하는.

또는 얼마 전 다퉈서 서로 연락을 하지 않는 상태.

즉 자존심 줄다리기하는.

역시나 내가 노력하지 않으면 멀어져 버릴 관계.


이렇듯 전화번호 속에 사연이 가득하고,

결국, 내가 어떻게 하냐에 따라서 관계의 지속이 결정된다면,

인간관계는 아쉬운 쪽이 약자인 것이 확실하다.


이렇게 인간관계에 허무함이 스멀스멀 올라올 때.

〈인형의 집〉을 쓴 노르웨이 작가 '헨리크 입센Henrik Johan Ibsen'이

했던 말이 떠오른다.

"이 세상에서 가장 강한 인간은 고독 속에서 혼자 서는 인간이

다."

즉, 관계에서 언제든 독립할 수 있는 자가

인간관계에서 자유로울 수 있다고 본다.

혼자의 삶을 강요하는 것이 아니다.

단지 인간관계에 매달리지 않았으면 좋겠다.


사람은 생각보다 다양하다. 각자의 사정이 있기에,

단순히 먼저 연락 오지 않는다 해서 사람을 단정하는 것은

미숙한 이의 미숙한 처세가 아닐까 싶다.

해서 연락의 여부에 대해 슬퍼하거나 신경 쓰지 않기로 한다.

———

내가 먼저 연락을 하지 않으면. 끊어지는 관계라면 미련 없이 기다렸으면 좋겠다.

거리를 두는 것은 극단적인 복수가 아니다. 그저 이번엔 타인에게 기회를 줘 보는 것이다.

나를 찾아온다면 난 그저 반갑게 인사를 건네주면 된다.

손자를 기다리던 할머니가 아닌,

바쁜 라멘집 사장님처럼.


"いらっしゃいませ"



난 그대로인데, 난 이젠 달라졌어

## 외로운 험담

최근 친구가 메시지로 보내준 좋은 글 중에 '적이 없는 사람이 되는 방법'이라는 작가 미상의 짧은 명언이었는데. 그중 두 가지가 기억에 남는다. 하나는 '진짜 비밀은 차라리 개에게 털어놓아라'와 또 하나는 '험담에는 발이 달렸다.'라는 말이었다. 다른 사람은 공감 못 할 수도 있겠지만. 그 당시 나는 어쩜 지금 내 상황과 이렇게 딱 맞아 떨어질까 하는 생각이 들었다.

어릴 적 내 눈앞 풍경에 익숙한 모습은. 어머니가 전화기를 붙들고 이모들에게 한 시간이고 두 시간이고 할머니(시어머니)나 아버지 험담을 늘어놓는 것이었다. 그럴 때면 난 어머니 간섭 없이 게임을 할 수 있는 시간이어서, 어머니가 전화기를 들 때면 한편으론 좋았다.

하지만 어머니의 상황에서는 사실 이모들 말고는 딱히 하소연할 곳이 없었다. 시집살이도 심했고, 아버지도 너무나 무뚝뚝하고 무심한 분이어서, 늘 섭섭하고 외로워했으니. 그 당시 엄마에게 이모들이 없었다면 아마 스트레스가 쌓여 이혼했을지도 모른다. 참다행인 건 이모가 6명이나 되는데. 난 지금 그 이모들에게 감사한다. 꼭 그 이유만은 아니겠지만. 그래도 지금까지 가정이 지켜졌던 이유 중 하나는 험담이라고 생각한다.

정말 험담을 하지 않고, 비밀을 개에게 털어놓으며 사는 것이 가능할까? 난 험담을 정말 친한 친구에게만 늘어놓는데. 그러면 마치 기다렸다는 듯이 "정말? 그 자식 미친놈이네~!" "진짜 대박이네. 그래서 가만있었냐?"라며 침을 튀며 함께 욕을 해준다. 같이 욕을 해줘서 기분이 좋다기보다는, 내가 이렇게 마음 놓고 털어놓을 수 있는 사람이 있다는 사실이 든든하고 좋았던 것 같다.

내가 힘들어도 질 낮은 사람으로 보일까 봐 속으로 삭이며, 그저 알아듣지 못하는 개에게 털어놓는 건 너무 처량하고 한심한 일이다. 결국, 험담한다는 것은 나 이렇게 힘든 사람과 함께 하고 있으니 위로 좀 해 달라는 뜻이다.
남을 욕하면서 카타르시스를 느끼고 내 자존감을 높이기보다는, 그저 "너 그래서 힘들 구나~"라는 그런 위로를.

난 인성이 부족한 탓인지 몰라도 완전히 험담을 끊지는 못하겠다. 해서 험담을 할 때 나름에 정해놓은 기준이 있다. 그건 그저 '나 이렇게 힘들어'라고 위로만 바라야지 '나도 미워하니 너도 미워해 줘' 또는 험담의 대상을 내리깔며 내 자존감을 높이려고는 하지 말자는 것이다. 정 해야 한다면 말이다.

## 가난

나이를 먹으면 나에 대한 뒷담화나 배신 같은 상황에
면역이 생긴다.

'괜찮다' 보다는 '그래 사람은 역시.'라는 체념이랄까?

그래서 '이번에도 마음을 다 주지 않아서 다행이다'처럼.

그나마 다 주지 않았던 마음에 위안이 생기는.

결국. 마음도 돈이란 생각이다.

다 주면 결국 나만 손해다.

나만 가난해진다는 말이다.


상처받지 않을 만큼만 준다.

내가 남을 신경 쓰는 만큼,
남이 나를 신경 쓴다는 착각에 빠진다.

## 증오는 열등감

내가 상대에게 질투심을 갖는 것은 경쟁 상대로 보기 때문이다. 경쟁의 대상이라 생각하니 상대가 잘되면 화가 나고, 반대로 실수를 해서 회사 대표에게 욕을 먹으면 그게 그렇게 짜릿하게 다가오는 것이다. 앞에서는 아닌 척하지만, 언제든 기회가 오면 내 아래로 끌어 내리려는 심리가 작용한다.

회사에서 일의 능률을 끌어올릴 때는 '경쟁' 그만한 자극요소가 없다. 상대를 증오하는 증오심을 이용한 발전. 회사에서는 그런 심리를 교묘하게 잘 이용한다. 같은 업무를 주어서라든지 같은 직급을 주어 서로 어떻게든 경쟁을 붙이려 한다.

개그우먼 이영자 씨가 어느 한 강의에서 "토끼와 거북이 경주에 거북이는 뻔히 질 걸 알면서 왜 시합에 참여한다고 했을까요?"라는 질문 했는데, 답은 거북이는 열등감이 없어서라는 것이다.

근 10년 가까이 회사 생활을 하면서 느낀 것은 난 다른 의미의 토끼였다는 것이다. 거북이에게 쫓기는 토끼. 결국, 내가 누군가를 경쟁 상대로 생각하고 살아간다는 것은 열등감에 사로잡혀 있음을 의미한다는 것을 깨달았다. 그 열등감의 원인은 학력이나 경력이나 외모나 리더십이나 그 외 내가 가지지 못하는 것에서 비롯된다. 그래서 그저 누군가의 "네가 재보다 낫다"라는 말 한마디에 목숨을 거는 것이다.

이런 사람들은 묵묵히 자기 할 일을 하며 살아가는 거북이에게 혼자 경쟁한다. 더 나아가 뒤에서 욕하고, 멸시하며, 자존감을 높인다. 결국, 스스로가 자신을 무너뜨리며 산다는 것을 모른다.

회사에는 늘 토끼와 거북이가 존재하고, 토끼는 언제나 거북이보다 앞서간다고 생각하지만, 사실은 거북이에게 쫓기고 있다는 걸 모른다.

어디서 이렇게 초파리가 들어왔을까 생각해 본 적이 있어요.

'방충망도 잘 닫았는데 어디서 이렇게 들어오는 거지?' 해서 인터넷에 검색을 해보니 초파리는 대부분 집안에서 생기는 거라고 하더군요. 과일을 사 가지고 들어오면, 과일에 붙어있던 알들이 부화해서 생긴다네요. 그런 줄도 모르고 방충망 밑구멍에 휴지를 말아서 막기도 하고, 방충망이 촘촘하지 못한가? 생각했는데 그게 아니었어요.

사람 마음도 그와 같지 않나 싶네요. 오늘 회사에서 별일 아닌 것에 화를 냈는데, 돌이켜보면 내 낮아진 자존감 때문에 민감하고 더 예민하게 반응했던 것이죠.

히스테리

—

이제 어른이 되어서
실망이나 배신으로 사람을 떠나보내는 일은,
내가 상처받는 것뿐만 아니라
내 안목에 대한 자책도 덤으로 생기더라.

어른이 되면 내가 손해를 보고 이해하면 되는
그런 간단한 문제가 아니었다.


안목에 대한 책임

좋아해 보려 노력해서 미안해

친구가 운영하는 피트니스클럽에서 운동을 하던 때가 있었다. 한 2년을 꾸준히 다녔는데. 정말 사람을 만나려면 모임에 가란 말이 실감이 났다. 감정이 없던 인사를 나누고. 많은 대화는 아니지만 한두 마디씩 나누던 게 어느덧 10분 넘게 서로 대화하고 있는 나를 보니. 이래서 사람들이 모임이나 취미 활동을 하면서 사람을 사귀는구나 하는 생각이 들었더랬다.

여태 풀리지 않는 미스터리 중 하나가 도대체 사람을 어디서 만나 연애를 하는가였으니까. 나도 자주 얼굴을 보다 보니 친한 감정을 조금 넘어서는 여자가 있었다. 뒤에 이야기를 들어보면 알겠지만. 나 혼자만의 착각은 아니었다.

그날도 역시나 운동을 끝내고 나가는데. 1층 로비에서 그녀가 서성이고 있었다. 해서 내가 말을 걸었다.

"안 가고 뭐 하세요? 누구 기다리세요?"
"음…… 뭐 좀 하고 있었어요."
"뭘요?"
"뭘 꼬치꼬치 물어요?"
"아니 왜요? 아니에요. 집 가실 거죠? 같이 가요"

그리고는 같이 말없이 걸었다. 침묵이 익숙해질 때 즈음 그녀가 대뜸 나에게 호감이 있다고 했다. 먼저 그렇게 말하기가 쉽지 않았을 텐데. 당당하게 말은 했지만 혼자 고민했을 마음이 고마웠다. 해서 나에게도 생각할 시간을 줄 수 있느냐 물었고 알겠다는 대답을 받았다.

참 많은 고민을 했다. 그 친구의 그동안의 모습들을 떠올리며 본의 아니게 평가를 했다. 그리고 내 마음에게 물었다. '설레냐?' 그리고 이번에는 머리에게 물었다. '지금 이 나이에 설렘을 바라는 건 사치냐?' 그랬더니 내 머리는 사치라고 했다. 그리고 머리가 계속 마음에게 질문을 던졌다. '이제 결혼할 나이인데 가볍게 만나지 않을 준비가 됐어?' 이런 현실적인 질문에 머리는 '아직 멀었지.'라고 대답했다. 떡 줄 사람은 꿈도 안 꾸는데 김칫국부터 마신 격이다.

어쩌면 이런저런 핑계들로 연애를 피하는지도 모르겠다. 나 스스로가 던지는 질문들에서 벗어나면 마음이 편하다. 다시 혼자만의 안정적인 일상으로 도피한다. 서른 중반에 남자는 역시 또 거리를 뒀다.

혼자의 일상에서 벗어나지 못하는 노예

혼자 사는 것에 단점을 꼽자면 혼자 잠드는 밤을 단점으로 꼽고 싶다. 불 꺼진 공허하고 적막한 방안이 가끔은 무섭게 느껴질 때가 있다. 그러다 악몽이라도 꿔서 새벽에 일어나는 날에는 TV를 켜서 소리를 낮춰놓고 눈을 감지만, 그럴 때 옆에 사람이 있었으면 좋겠단 생각을 한다. 어릴 때는 터가 안 좋은 건지, 수맥이 흐르는 건지, 이상하게 자주 가위에 눌렸다. 혼자 자다 가위에 눌려 손끝 발끝에 최대한 집중해 발버둥 쳐서 일어나면, 엄마를 부르며 큰방에 가서 잤었는데 그때 '괜찮아 아들~'하며 품어주던 엄마의 품은 전쟁이 나도 나만은 살 것 같은 그런 안정감이었다.

어제는 새벽 4시 잠에서 깼다. 이유는 꿈에 내가 키우는 강아지 해피가 거대하고 무섭게 변해서는 나를 쫓아왔다. 황급히 건물에 숨어 있는데 해피는 코를 킁킁거리며 나를 찾아냈고, 나는 재빨리 계단을 찾아 4층, 5층, 10층에서 옥상까지 올라갔지만 해피는 역시 지치지도 않고 따라 올라왔다. 옥상의 막다른 구석에 몰려 무섭게 으르렁거리는 해피를 피해 할 수 없이 건너편 건물로 뛰어내리다 "아!!!" 하는 짧은 비명과 함께 잠에서 깼다. 온몸에 식은땀이 흘렀고, 재빨리 옆에 스탠드를 켜고 방안을 둘러 봤는데, 저 구석에 똬리 틀고 세상모르고 자고 있던 현실의 해피만이 멀뚱멀뚱 나를 한심하게 쳐다볼 뿐이었다.

그 순간에는 모든 게 다 무서워 보였다. 방 한쪽 걸어둔 검은 롱패딩이 저승사자처럼 보이기도 하고, 전신 거울에는 무언가 휙~ 하고 지나가는 것 같은 느낌이 들기도 했다. 해서 재빨리 TV를 켜고 홍차를 타가지고 와서 책을 좀 보다 두어 시간이 지나고서야 다시 잠이 들었다. 그런 새벽은 나 혼자만이 존재하는 시간이다. 그 새벽에 전화를 걸 사람도 없을뿐더러 누구에게도 투정 부릴 수도 없는, 오로지 혼자 견뎌내야 하는 시간. 유치하게도 그런 공포의 시간을 보낼 때면 결혼을 하고 싶어지는 이기적인 내가 밉다.


새벽 4시의 고백

―

금요일 퇴근 시간이 다가오고 있었다. 딱히 야근이 없던 회사라서 퇴근을 준비하고 있었는데, 전화벨이 울렸다.

"오빠, 퇴근 아직 안 했지?"
"어~ 아직"
"나 지금 오빠 회사 앞이야. 시간 되면 빨리 나와"
"진짜? 왜? 무슨 일 있어?"
"아니 그냥 빨리 오기나 해"

우리는 소개팅으로 신논현역 근처 식당에서 점심시간을 이용해 처음 만났었다. 나는 논현역, 그 친구는 강남역 근처에 직장이 있어서 딱 중간인 신논현역에서 처음 만남을 갖게 되었고, 그것이 인연이 되어 쭉 이어온 것이다. 당시 우리는 전에 사귀던 사람과 헤어진 지 얼마 되지 않은 상태였다. 피차일반 말은 안 했지만, 연애 생각이 없었기 때문에 서로에게 큰 기대를 하지 않았기에 가능했지 싶다. 그래서 저녁 시간도 아까워 점심때 본 것이고, 신기하게도 그런 우리가 연인이 되었다.

나보다 삼십 분 일찍 퇴근한 여자친구는 커다란 가방과 캐리어를 끌고는 논현역 앞에 서서 기다리고 있었다. 난 "무슨 짐이 이렇게 많아? 그 캐리어는 왜 끌고 왔어?"라며 물었는데. 일단 시간이 없으니 빨리 가자며 날 끌고 지하도로 내려갔다. 에스컬레이터를 타고 내려가면서 여자친구가 나에게 물었다.

"오빠, 내가 지금 도쿄 가자고 하면 어쩔 거야?"
"라멘집 가자고?"
"아니, 일본 도쿄!"
"일본? 지금? 비행기 타고?"
"어! 내가 오빠 옷이랑 비행기 표랑 숙소까지 다 준비했다 치면?"
"장난해? 갑자기 무슨 일본이야! 내 옷은?"
"장난 아니고 진심이야. 그리고 오빠 옷 다 챙겨왔어."
"너 미쳤어? 속옷도?"
"어. 나 미친 여자야"

그렇게 당일 밤 비행기를 타고 일본을 갔다. 넥타이를 차고, 구두를 신고. 사원증도 목에 건 체 비행기를 탈 거라곤 생각도 못 했다. 어쩐지 인천공항에서 사람들이 나에게 계속 위치를 물어보던 이유가 있었다. 여자친구가 2주 전부터 주말에 데이트할 거니까 무조건 시간을 비워두라는 말이 이제야 이해가 갔다.

이렇듯 그녀는 늘 에너지가 넘치는 친구였다. 하고 싶은 것도 많고. 꿈이 많은 아이였다. 그에 비하면 난 늘 조용하고 잔잔한 호수 같은 남자친구가 아니었나 싶다. 항상 그 친구는 무슨 일을 하기에 앞서 나에게 조언을 구했다. 그럼 난 '그건 좋겠다.' 또는 '그건 좀 무리지 않을까?'라고 조언 아닌 조언을 해주는 사이.

여자친구는 아빠 같은 든든한 남자가 좋아서 늘 나이 차이가 있는 연상을 만나왔단다. 동갑은 철이 없어서 한심해 보인다나? 아무튼, 그 친구에겐 나에 대한 그런 환상이 있었다. 자신보다 어른스러운 존재. 하지만, 사랑에는 바라는 것이 없어야 온전한 관계가 유지된다는 말처럼, 바라는 것이 확실했던 우리 사이는 삐걱거리기 시작했다.

많은 연인은 각자 배역을 맡고 있다. 이상형이란 핑계로, 상대가 내가 원하는 이상이 되어주길 바란다. 작게는 옷 입는 취향에서부터 크게는 성격이나 직업까지. 사람은 어떻게 보면 참 이기적인 존재다. 자식에게 자신의 꿈을 심는 부모처럼. 결국, 내가 원하는 걸 얻고야 마는 욕심 많은 존재이다. 나 또한 그렇다. 너의 어떤 모습이든 사랑하겠다고 하고 싶은 데로 살아보라고 말해 놓고는, 정작 그렇게 사는 것을 나중에는 한심해 했으니 말이다.

그래서 사람은 인간의 본질에 대해서 빨리 깨달아야 한다. 실패한 사랑에서, 또는 멀어진 인간관계에서, 내 본심에 대한 질문을 스스로가 던져 봐야 할 것이다. 그것을 깨닫지 못한다면, 아마도 종말이 예견된 만남을 또 반복할지도 모른다.


아빠 같은 남자친구, 엄마 같은 여자친구

"경험으로 치자" 또는 "배웠다 치자"라고.
말하는 사람들의 공통점은 똑같은 실수를
반복하지 않는 어른들이었다.

## 사람들이 과묵한 이유

한때 회사에서 프로젝트 때문에 아르바이트를 많이 고용한 적이 있었다. 14명 정도를 채용해서 그들에게 업무를 가르치는 것이 내 임무 중 하나였는데. 그중 한 명이 은근히 따돌림을 당한 것이다. 그 친구 나이는 20대 중반이었고. 말이 없이 늘 조용한 여자였다. 무슨 이유인지 몰라 오래 근무한 사람들에게 이유를 물어보니. 자신들과 어울리려 하지 않고 무시한다는 것이다. 해서 업무적 소통을 해야 할 때마다 어려움이 많다는 것이다.

난 고민에 빠졌다. 다 큰 성인들을 불러서 서로 화해를 시킨다고 친해질 수도 없는 노릇이고. 그렇다고 일하겠다는 사람을 내보낼 수도 없었다. 생각 끝에 따돌림당하는 친구를 불러 혹시. 주변에 추천할 만한 친구가 있으면 같이 와서 일해도 좋다고 했다. 며칠 후 자기 친구 이력서라며 가져왔는데. 이력서를 보니 일을 잘할 수 있을 것 같아서 면접을 보고 채용을 했다.

둘을 같은 자리로 배정하고 업무를 주었다. 그 후 따돌림당하던 친구는. 친구가 있어 그런지 자신감이 생겨 사람들과도 잘 어울리게 되었고. 한결 밝아져 나도 기분이 좋았다. 어쩐지 내가 좋은 사람이 된 것 같은 기분이 들었다. 그 뒤로도 그런 기분에 심취해 사람들을 살뜰히 챙겼다. 그렇게 무탈하게 두 달 정도가 지났을까? 채팅창에 난데없이 조롱 섞인 심한 욕이 올라왔다. 가만 보니 내 욕이었다. 단체 방인지 모르고 따돌림당했던 그 둘이서 연신 내 욕을 하고 있었다. 그 두 사람은 뒤늦게 상황을 알아차리고 황급히 다른 내용을 써 올렸지만. 이미 난 봐버린 상황. 그날은 말없이 일과를 맞췄다.

다음날. 출근하고 싶지 않아 오후 늦게서야 출근했다. 출근해 자리에 앉았더니. 고요한 가운데 다다다다. 바쁘게 자판 두드리는 소리만 들렸다. 그 내용은 말하지 않아도 어느 정도 짐작할 수 있었다. 소위 말하는 '공황장애'라는 것이 이럴 때 오겠구나 싶었다. 이리도 편했던 내 자리가 가시방석일 수 있다는 것에 새삼 놀랐다. 물론 단 두 명만이 나를 욕했지만. 오늘은 모두가 "그러게, 감싸고 돌더니 꼴좋다"라고 비웃고 조롱하는 모두가 한통속인 것만 같았다. 이렇게 더는 업무를 하는 게 무리인 거 같아 부서이동을 고민하고 있었는데. 다음 날 그 두 아르바이트생은 출근하지 않았다. 이렇게 된 이상 더 못 다니겠다. 죄송하다는 말을 남기고, 내가 잘못 한 것이라곤 마음을 썼다는 것이다. 마음 써 준 게 잘못이라니……. 거리를 두지 않고 필요 이상의 마음을 써서, 받지 않아도 되는 불필요한 상처까지 받은 것이다.

살다 보면 남을 통해 내 험담을 듣는 일이 생긴다. 나를 얼마나 안다고 평가하는지 속이 뒤집힌다. 마음을 주지 않았더라면 기분만 나쁘고 끝날 일이지만. 마음을 준 상대에게 그런 험담을 듣게 되면. 그건 거리 조절을 하지 못한 내 잘못 때문에 '배신감'까지 느끼는 것이다.

생각해보면 '좋은 사람'이란 것에 심취해. 난 모두에게 인정받으려는 욕심을 부렸다. 모두에게 미움받지 않고. 사랑받으려는 욕심이 그렇게 만든 것이다. 그날 이후로 그런 욕심을 버렸다. 이것이 사람과의 벽을 쌓는 것일까? 너무 방어적인 사람으로 변해가는 것은 아닐까? 라는 생각도 해봤지만. 또 이런 상처를 받느니 차라리 상처받지 않은 쪽을 택하기로 했다. 거리를 둔다. 내가 좋은 사람으로 보이고 싶은 욕심과의 거리를.

## 조건부 배려

이제 알겠다.
줄 때는 바라지 말아야 하고,
배신감을 느낄 것 같으면
사소한 배려조차 멈춰야 한다는 것을.

생각해보면 정말 바보 같은 행동이었어.
정작 그 사람은 가만히 있는데
나 혼자 지지고 볶다가.
화내는 꼴이란 말이지.

간절하되 드러내지 않을 것.
절대 약점 잡히지 않을 것.
세상은 내가 생각한 것보다 악인이 많다.

## 빨리 친해지는 사람들

　지금 생각해도 참 후회되는 일 중의 하나가. 조금 친해졌다고 해서 내 약점들을 들어냈던 일이다. 내가 먼저 등을 보여주면 상대도 나에게 경계심을 풀고 나를 대하겠지? 하는 생각에.

　어쩌면 빨리 친해지는 방법의 하나다. '나는 이런 상황이야. 난 이런 고민을 품고 산다. 너도 그렇지 않니?' 바로 약점의 공통점을 찾으려 했다.

　다행히 코드가 맞아 관계가 오래 지속 되면 상관없겠지만, 이해관계에 얽혀 사이가 틀어져 버리면 그 사람은 내 약점을 갖게 된다. 물론 그 약점으로 복수를 하거나 하진 않지만, 나 스스로가 괴롭다. '아~ 왜 그 말을 했지?' '날 어떻게 생각할까?' '어디서 내 이야기를 하고 다니는 건 아닐까?' '내 콤플렉스를 괜히 말했어.'라고. 그럴 때마다 SNS에 집착하게 된다.

　난 행복하고, 너 아닌 다른 친구들과 잘 지낸다. 행복한 척, 즐거운 척, 유치하지만 사람이 그렇다.

　살다 보면 예상치 못하게 하루아침에 안 보게 되는 허무한 관계가 생긴다. 가볍게 사귀어 놓은 인맥들, 말실수 한 번에, 또는 오해로 멀어지는 사람들, 꼭 누굴 탓할 게 아닌 내 미성숙했던 처세 때문이다. 약점을 말하면 동정을 받기는 쉽다. 감정의 동물인 사람은 연민을 갖기는 쉬우니까. 하지만 서로의 약점을 내어주고 이어진 관계에는 조금의 불안이 존재한다.

사실 막말을 하는 것보다 더 잔인한 짓은,

묻지 말아야 하는 것을 묻는 것이 아닐까.

뻔히 알고 있으면서,

교묘하게 선한 얼굴을 하고서 아무것도 모르는 척 말이지.


학생에겐 대학 합격 결과를

취업준비생에겐 면접 결과를

헤어진 친구에겐 애인 안부를

결혼하는 친구에겐 아파트 평수를.

풍문으로 들어서 이미 알면서도

그런 식으로 상대방을 위로하는 것처럼 하며

그들은 그렇게 삶의 원동력을 얻는다.


알아도 모른 척해야 하는 일을 굳이 캐묻는 건,

어쩌면 막말과는 차원이 다른, 추악한 짓이 아닐까?


알면서 묻는 사람들

온종일 사람들을 만나.
이리 치이고 저리 치이다 온몸에 힘이 다 빠져버렸다.
어서 집에 가서 혼자 있는 거로
날 충전해야 해.

난 상대 표정에 민감하다. 늘 대화 도중에 상대방 표정을 살핀다. 물론 내 착각일 수 있지만, 내가 보기에 내 말에 지루해하거나 표정이 좋지 않으면 말문이 막히고 불안해진다. 물론 친한 사이에는 신경 쓰지 않지만, 초면이거나 어려운 상대를 만났을 때 또는 사람들 앞에서 발표하는 것이라면 대화나 회의가 끝나고 나서는 온몸에 진이 빠져버린다.

그래서 말하는 걸 별로 좋아하지 않는다. 아니 친하지 않은 사람과 만남을 최대한 줄인다고 해야 하나? 이게 사회성 결여일까? 사회생활을 할수록 사회성이 늘어야 하는데 떨어진다는 게 말이나 되나. 어릴 적 당차고 패기 넘치던 나는, 이제는 오히려 말하는 스킬이 늘어가는 만큼 말수는 줄어든다.

비단 나뿐만 아니라 모든 사회인이 그러지 않을까 싶다. 얼마나 쉬면 괜찮아질까? 요즘 TV 방송을 보면 어린애들이 나보다 말을 더 잘하더라. 정말 시간은 거꾸로 흐른다.

인어공주가 목소리 대신 다리를 선택한 이유

남들 표정을 너무 관찰하지 마세요.

대화하면서도, 이 사람이 나에게 집중하나?

내 말을 지루해하진 않을까?

내가 실수를 하는 게 아닐까?

하는 걱정 때문에 듣는 사람으로 변해가지 마세요.

말을 많이 하는 것이 좋은 것은 아니지만

뒤돌아서 오늘도 듣기만 했네

라는 생각이 든다면

굳이 어려운 사람은 차라리 만나질 마세요.



괜찮아요. 나만 그런 것 아니랍니다

———

외롭지 않은데 외롭다. 가끔은 감정들에게 질 때가 있다.

난 괜찮다고 말하다가도 밀려오는 외로움에 나 스스로에게 인간미를 느낀다.

내 안에 수많은 '나'들이 나란히 어깨를 잡고 잘 걷다가도, 가끔 한 명씩 외롭다며 줄을 이탈해 튀어나가는 애들이 있다. 그렇게 대열이 얽혀버린 상황에 그런 위선적인 감정을 느낀다.

그런 날이면 온화한 봄날인 이 좋은 계절에도 아프다.


외롭지 않은데 외롭다

# 날 비참하게 만드는 사람은

2005년 군인 시절. 나에게 참 잘해주던 선임이 있었다. 그 선임 덕분에 군 생활을 버텼다 해도 과언이 아니다. 아직도 기억하는 추억 중 하나는 그 선임이 휴가를 다녀왔을 때의 일이다. 당시 나는 이등병이었고, 그 선임은 내무반에서 힘이 있던 상병이었다. 휴가를 다녀온 그 선임이 나를 조용히 불러 막사 뒤로 몰래 데려가더니 품에서 햄버거를 꺼내 주었다. 한겨울이라 식을까 봐 밖에서부터 품에 넣어 온 것이다. 자기 남동생과 내가 많이 닮았다며 전역하는 동안 날 잘 챙겨주었다. 그런 그 선임과 보초를 나가면 이야기를 참 많이 했었는데 우린 한 가지 약속을 했다. 그건 서로의 결혼식에는 꼭 가자는 약속이었다.

얼마 안 돼 그 선임은 전역했고 나도 1년 뒤 전역한 후 간혹 연락을 주고받았다. 취업하고 바쁘게 살다 보니, 연락도 줄고 잊고 살게 됐다. 그러던 어느 날 그 형이 5월에 결혼을 한다며 연락이 왔다. 그때 당시 하던 사업이 잘 안 돼서, 난 빚을 잔뜩 지고 사업을 접던 때라 수중에는 3만 원이 전부였고, 자존감까지 바닥난 상태라 그런 모습을 보여주기 싫어서 가지 말까 고민하고 있었다. 하지만 약속을 어길 순 없었다.

　결혼식장은 압구정에 있는 한 호텔이었다. 난 서울 사람들은 다 그런 곳에서 결혼하는 줄 알았다. 서울에서 하는 결혼식 참석은 그때가 처음이라, 호텔에서 하는 결혼식이 드문 일인 걸 잘 몰랐다. 창피함을 무릅쓰고 축의금을 내고는 예식홀 안에 들어서니 동그란 테이블에 하얀 천이 깔려있었고, 높은 천장에 샹들리에가 화려함을 더했다. 형은 이리저리 돌아다니면서 하객들에게 인사를 하고 있었고 나를 보더니 너무 반가워하며 내 이름이 적힌 좌석으로 안내했다.

　"역시 올 줄 알았어. 오느라 고생했어. 밥 맛있게 먹어."
　"형, 결혼 정말 축하해요. 너무 멋지네요."
　"고마워 사진 찍을 때, 넌 꼭 내 옆에 있어야 해! 알았지?"

　하객이 너무 많아서 형은 정신없이 다른 곳으로 불려 다녔다. 예식이 시작됨과 동시에 식사가 나왔고, 처음에는 수프와 샐러드가 나오더니 예식 순서에 맞춰 메인 식사가 나왔다. 스테이크 고기를 썰며 주변을 둘러보는데 다들 신랑 신부만큼 행복해 보였다. 누가 봐도 다들 신경 써서 잘 차려입고, 표정에는 여유가 보였다. 주례가 끝나고 축가까지 마무리되니 사진 촬영이 있다며 사회자가 알렸다. "곧 사진 촬영이 있으니, 신랑 신부친구분들은 단상 앞으로 나와 주세요"라고 하는데 그곳에 낄 자신이 없었다. 그저 멀리서 보고 있는데, 형이 주변을 두리번거리더니 멀리 있던 나를 보며 오라고 손짓했다. 할 수 없이 옆에 가서 섰더니 내 손을 꽉 잡고는 "어디에 있었어. 내 옆에 있어야지"라고 했다. 그렇게 사진을 찍고 결혼식장을 나왔다.

돌아오는 길에 알 수 없는 감정들이 밀려들었다. 축의금을 보고 실망하면 어쩌지? 미안하고, 창피하기도 하고, 나랑은 동떨어진 행복한 세상에 있다 나온 기분이 들어서 우울감이 밀려왔다. 어쩌면 날 비참하게 만드는 것은 타인의 말이나 시선이 아니라, 나 스스로가 느끼는 자기 연민일지도 모른다. 사람들은 내가 신경 쓰는 것보다, 날 신경 쓰지 않는다는 사실도 잘 안다. 맞다. 결국은 자신이 스스로에게 무너져 내리는 것이다. 반대로 생각하면 나를 일으킬 수 있는 유일한 존재도 '나'뿐이다.

## 내 말 좀 들어줘

작가 스티븐 킹Stephen Edwin King은 "지옥으로 가는 길은 수많은 부사로 뒤덮여 있다"라고 했다. 부사는 앞에 문장을 꾸미거나 강조하는 단어로 많이 쓰이는데, 부사가 많이 들어가는 글은 좋지 않다는 말을 아주 극단적으로 표현한 것이다. 작가들에게 저 말은 새겨들을 충고이다. 나 또한 굳이 안 써도 되는 부사를 쓰려 했던 이유를 생각해보면, 내 글이 너무 단순해 보이진 않을까? 내 뜻을 너무 가볍게 받아들이진 않을까 하는 걱정 때문이었다. 그때를 생각해보면, 글에 자신감이 없고, 자존감이 매우 낮았던 것 같다. 예전에 사람을 만났을 때를 되짚어보면 아니나 다를까 부사를 많이 넣어 말했다. '진짜' '엄청' '정말' '비싼 거야' 같은. 내 말을 주의 깊게 들어줬으면 해서, 또는 내가 말하는 것이 고급 정보인 양 알려달라고 하지도 않았는데 알려주고, 그게 그에게만 말하는 비밀인 것처럼 말이다. 부사와 덧붙여 험담을 많이 했다.

난 고급 정보를 품고 사는 사람처럼 보이고 싶었다. 그때의 내가 한심하기보단 좀 안쓰럽다.

그런 부사를 쓰는 사람을 한마디로 정의하자면, 애정이 필요한

사람이라고 부르고 싶다. 관심받고 싶어 하는 인간이 만들어낸 '강
조문' 내 말 좀 들어줘 라는. 지금도 원고가 완성되면 난 수많은 부
사를 지운다. 그 작업을 할 때의 내가 가장 안쓰럽다.

자신을 고립시키는 일은
폐쇄성과는 엄연히 다르다.

———

사람이 떠난 지금, 찾아온 외로움을 불행으로 착각하지 않았으면 좋겠다.

외로움은 그간 나를 둘러쌓던 속박에서 벗어나 생기는 공허함이다.

이제 곧, 남들의 평가에서 벗어나는 자유를 느낄 것이고,

혼자만의 시간에서 나를 찾게 될 것이다.

그리고 인간관계에 연연하던 나 자신을 후회하게 될 것이다.

그것을 깨닫는 순간, 그 외로움은 결코 오래 가지 않을 것이다.


프랑스의 수학자이자 철학자인 블레이즈 파스칼Blaise Pascal은 이런 말을 했다.


'All men's miseries derive from not being able to sit in a quiet room alone.'

'인간의 모든 불행은 조용한 방에 홀로 앉아 있지 못해 생겨난다.'


즉, 홀로 서지 못하면 방법은 하나밖에 없다.

외로움을 달래줄 누군가를 찾아 나서야 한다.

그 사람이 영원하길 바라는 마음으로.

그러나 한 번도 이뤄진 적은 없었지만.

## 외로움을 불행으로 착각하는 사람들

뭐 아무리 서로의 사생활을 보장해준다고는 하나
결혼은 자유를 포기해야 하는 제도란 생각이다.

서로를 사랑이란 명목으로 구속을 정당화하기 때문에.
해서 지금 주어진 혼자인 시간이 소중한 이유다.

## 결혼하기 좋을 때

결혼하기 좋을 때는, 아이러니하게도 결혼할 필요가 없을 때라는 말을 들은 적이 있다. 하지만 아직 사회는 결혼이란 그 시기가 되어서 부모에게 또는 주변 사람들에게 떠밀려 하게 되는 것 같다. 아니나 다를까 나이가 차면 다들 한마디씩 한다. "공부도 때가 있듯이 결혼도 다 때가 있는 거야! 그때를 놓치면 하고 싶어도 못해!" 물론 나도 그 때라는 것에 아주 공감하는 사람 중 한 명이다.

맞다 모든 일에는 다 때가 '오는' 것이다. 중학생에서 고등학생으로 올라가듯이, 중학교 과목을 다 이해하고 고등학교 과목을 받아들일 수 있을 때 진학 하는데, 만약 고등학교를 건너뛰고 대학생이 된다면, 정상적인 학교생활을 할 수 있을까? 또는 더 나아가 아이를 낳게 된다면? 미성숙한 자들의 결혼에 상처는 오롯이 아이 몫이란 생각이다. 그렇듯 개인으로서 자아 성찰을 충분히 거친 후, 다음 단계로 나아가는 관문이 결혼이란 생각이다.

주변에선 각각의 이유로 결혼을 한다. 이제 결혼할 나이가 되어서 한다거나, 또는 주변에 친구들이 다들 결혼해 함께 놀아 줄 친구가 없어 외로워서 한다든지, 오래 사귀었으니 의리를 지키기 위해 한다(?). 분명 그 말도 맞지만, 내 경우에는 아직까진 결혼을 도피라고 생각하는 마음이 크다. 내 외로움을 책임져 달라거나, 경제적으로 기대고 싶은 마음이 생길 것 같으니, 해서 난 아직 결혼하면 안 된다. 더 깊이 보자면, 결혼할 만큼의 성장을 하지 못했단 뜻이다. 언젠가 혼자서도 상관없고, 결혼이란 것이 내 개인의 또 다른 성장으로 이어질 것 같다는 확신이 들면 그때 결혼을 생각해 보고 싶다. 결국, 세상을 살며 만나는 모든 인연과 사건들이 날 성장시키는 과제인데, 앞으로 남은 그 과제들을 잘 풀어 결혼이란 학교에 당당히 수석으로 입학하려다.

## 내 앞이라 더 아팠겠지

아버지는 내가 어릴 적부터 넘어지면 일으켜 세우질 않으셨다. 늘 "혼자 일어나봐"라고 하셨는데, 그 말투가 냉정하기보다는 다정하게 "혼자 일어나봐~" 이런 뉘앙스였다. 언제부터였는지는 모르지만, 내 어릴 적 기억에는 그래서 그런지 난 넘어져도 울지 않고 늘 혼자 털고 일어났었다.

그날은 크리스마스이브 전날이었다. 여자친구와 나는 크리스마스날을 조금 특별한 곳에서 보내기 위해, 겨울 제주도여행을 떠났다. 공항에 내리자마자 찬바람이 거세게 우릴 맞이했다. 서둘러 목도리를 하고 숙소로 향하는데, 해질 즈음 출발한 탓인지 밖은 어두웠다. 택시에서 내려 숙소까지 걸어가는데도 바닥에 얼음이 얼어 아주 미끄러웠다. 여자친구는 신발 때문인지 자꾸 미끄러져 내가 여자친구의 캐리어와 가방을 들고 걸었다. 숙소에 들어와 일단 몸부터 녹이자고 해서 씻고 나왔는데, 침대에 앉은 여자친구의 표정이 좋지 않았다. 그렇다. 무언가에 기분이 상한 것이다.

가까이 가 바닥에 앉아 토라진 여자친구를 올려다보며 왜 화가

났는지 말해보라고 했다. 이유인즉, 자기가 넘어졌을 때 바로 달려오지도 않았고, 크게 신경 쓰는 것 같지도 않았다는 것이다. 오빠는 말로만 "괜찮아? 다쳤니? 일어나~"라고만 하고 큰 행동을 취하지 않아 그것이 섭섭했단 것이다.

그러고 보니 내가 다치거나, 문지방에 발을 찍히거나 할 때는 여자친구가 달려와서 세심히 살펴주던 모습이 떠올랐다. 즉, 그런 관심을 원했기에 그렇게 행동했던 것이다. 맞다. 사람들은 내가 원하는 모습을 상대에게 보여준다. 그간 여자친구의 행동을 떠올려보니, 행동으로 나에게 참 많은 말을 하고 있었던 걸 알게 됐다. 해서 "미안해! 다음부터는 신경 쓸게"라고 말하고, "어디 다쳤는지 보자. 약 발라야지"라며 무릎을 다정하게 살펴보자, 여자친구의 표정은 아직 토라져 있지만, 콧구멍과 입꼬리가 씰룩이던 게 보였다.

그때 느낀 것은 사람이 맞춰간다는 것이 이런 거구나. 내가 받은 교육 때문에 무의식적으로 행해지던 행동에 상처받을 수도 있구나. 앞으로 얼마나 더 어려운 일에 봉착하게 될까? 라는 걱정과 함께. 하지만 사랑하기에 이 모든 걸 극복해야겠다는 생각이 들었다. 맞춰간다. 사랑이라면. 거리를 둔다. 가까이.

행복이란,
나는 반드시 행복해야 한다는 집착을 버리면
비로소 같은 생활에 다른 의미를 부여하며 살게 된다.

회사에서 남이 나를 함부로 대하는 것을
참지 말아야 하는 이유는
지금은 비록 한 명이 그럴지 몰라도
나중에는 모두가 날 함부로 대하게 될지도 모른다.

이렇듯 거리를 둔다는 것은
대응하는 용기다.
날 함부로 대하는 것을 허락하지 않는
상처받지 않을 용기다.

## 가치관과 자존감

내가 나를 정의하는 것은, 내가 어떤 옷을 입고 사느냐와 같다고 본다. 만약 내가 노숙자처럼 옷을 입고 있으면, 사람들은 당연히 나를 노숙자로 생각할 테고, 내가 의사 가운을 입고 있으면 의사로, 경찰 제복을 입고 있으면 경찰로 생각하는 것처럼. 이렇듯 내가 나를 무엇으로 정의하여 살아간다는 것은 매우 중요하다. 사람은 자신이 스스로 정의한 대로 타인을 이끌기 때문이다. 그것을 나는 '자존감'이라 생각한다.

'자존감'을 한자로 풀이하면, 스스로 자自, 높을 존尊, 느낄 감感이다. 즉, '자신을 스스로 높이는 마음'이다. 사람들은 나 이외에 타인은 잘 정의한다. '저 사람은 형편없는 사람이야.' '저 사람은 원래 저런 사람이야.' 또는 '저 사람은 아주 훌륭해. 내가 장담해'라고. 하지만 '내 인생의 가치관은 이러해'라고 하는 사람은 손에 꼽을 정도로 드물다.

사람들은 일생을 살면서 직업은 갖지만, 내가 내 삶에 어떠한 가치관을 지니고 살아갈 것인지는 정의하지 못한다. 그래서 남이 나

를 정의하게 둔다. 그런 사람들은 남에 의해서 자존감이 쉽게 흔들
릴 수밖에 없다.

우린 남의 평가에 흔들리지 않을 내 삶의 가치관이 필요하다. 거
센 바람에도 뿌리 뽑히지 않을 나를 정의하는 그 한 가지.

"예! 예!" "맞아. 맞아" "네 말이 다 맞아!" 날 한마디로 정리하자면, YES맨 이다. 이건 근본적으로 어딘가 잘못되었다. 가부장적인 아버지와 남고 시절 군기가 셌던 관악부 선배들. 또 까라면 까야 하는 군대를 거쳐서 그런지 윗사람 곧. 상관의 명령에 무조건 복종하라는 사상이 깊게 배어 있다.

해서 내 기분보단 상대방의 기분에 맞춰 대화하는 게 편하다. 내 의견을 내세우기보단 상대의 말에 호응해주며. 잘 들어주는 것이 미덕인 줄 알았으니까.

그 버릇은 회사에선 더욱 빛을 발했는데. 윗사람 말에는 최대한 따랐다. "하라면 해" "네!" "까라면 까" "네!" 한데. 가면 갈수록 날 우습게 보거나. 더 무리한 부탁을 하거나. 날 마음대로 대한다는 생각을 하게끔 했다. 심지어는 넌 이 정도 대우를 해줘도 불만 없는 사람으로 취급하거나.

난 단지 갈등을 일으키고 싶지 않았고. 미움받고 싶지 않았고. 내가 희생을 하면 모두가 편해지고 언젠가 내 마음을 알아주겠지라고 생각했던 것인데. 이미 난 함부로 대해도 되는 사람이 돼버린 것이다.

더 참지 못하고 퇴사를 결정할 때는. 내가 피해자라고 생각했었는데. 사실은 내가 상대를 그렇게 만든 내 탓인걸 회사 생활 6년 차에 깨달았다.

연애도 다른 바 없다. 혹, 미움 살까 봐 날 좋아해 줬으면 하는 마음에 예스맨이 된다면 뭐 마음이야 얻을 수 있을진 몰라도 줏대 없는 사람이 될 수 있다. 또 나와의 대화에 흥미를 잃거나 내 생각. 내 의견을 기대하는 상대에겐 실망감을 줄 수도 있다. 분명한 사실 하나는 사회는 자신의 의견을 제대로 전하는 사람은 우습게 보지 못한다는 것이다. 더해 자신의 매력을 분명하게 발산하는 방법의 하나다.

만약. 당신이 그런 사람이라면 용기 내서 말해보길 권한다.
"제 생각은 조금 다른데요. 저는 이렇게 생각합니다." 한 번에 바뀌긴 어렵겠지만.
꼭 필요한 도전이다. 이제 날 우습게 보지 못하게 거리를 둔다.

착하게 사는 건 쉽다. 바른말 하며 사는 게 어렵지

맞다. "할 수 있다"라고 말하는 것보다.
"난 할 수 없다"라고 말할 수 있는 것이
더 용기 있는 말이라 생각한다.

남의 기대에 부응하기 위해
또는 사람들이 실망하는 것이
두려워 억지로 하는 것보다.

할 수 없는 건. 또 하기 싫은 건
"전 할 수 없어요."라며 말하고 내려오는 것이
나 자신을 아는 기회이고
나 자신에게 솔직한 행동이며
나 자신을 보호하는 옳은 일이다.
아무리 뛰어난 사람도 모든 일을 다 잘 할 순 없다.

"할 수 없다." 그게 왜 나약한 말일까.

가장 용기 있는 말

## 내가 원하는 것은 언제나

원하는 것은 항상 쉽게 얻어지는 법이 없다. 노력이 부족하면 늘 그만한 대가를 지불해야 하는 상황이 온다. 난 그럴 때면 "이번에도 역시 예외는 없구나."라는 혼잣말을 내뱉는다.

살던 집 계약이 끝나가. 미리 집을 알아보던 중 마음에 쏙 드는 집을 찾았다. 그 집으로 이사하기 위해 부족한 보증금을 마련하려고 타던 차를 팔기로 했다. 그러면 보증금이 딱 맞아 떨어질 줄 알았는데, 아니 웬걸. 자동차 중개인이 견적을 내어줬는데 내 예상과는 다르게 반 토막이 됐다. 곧 이사해야 하는데 차질이 생긴 것이다. 서둘러 대출을 받아 나머지 돈을 만들어 집주인과 계약하러 갔다. 이번엔 부동산 중개인이 "죄송합니다. 제가 뒤늦게 등기부 등본을 떼어보니, 근저당이 많이 잡혀 있는 집이네요."라고 하더라. 자기도 몰랐다고 빨리 다른 집을 알아봐 준다고 했는데, 어쩐지 시세보다 너무 저렴하게 나왔다 했다. 이렇게 세상은 절대 순순히 넘어가 준 적이 없다.

살면서 모든 일이 그랬다. 쉽게 얻은 마음은 쉽게 변해버리고,

'이 정도면 됐어'라고 했던 시험공부는 한 두 문제로 낙방을 했고, 싸고 좋아 보여 샀던 제품은 역시나 어설펐다.

세상을 '이 정도면 됐어' '이번엔 적당히 하자'라는 생각으로 임하면, '넌 역시 이번에도 또 속아 넘어가는구나? 교훈을 주지'라며 내 앞길을 가로막는다.

그래서 늘 조심하려 한다. 술술 풀리는 일을, 손쉽게 주어진 것을, 너무 빨리 가까워지는 사이를.

돌다리를 두드려 봤는데 단단하고 튼튼하다면 한 번쯤 의심해 봐야 한다. '이거 너무 쉽게 건너는 거 아니야?'라고. 늘 언제나 만만해 보이던 세상에게 당한다.

'웃지 않으려면 가게 문을 열지 마라'라는 말이 직장생활하는 내내 나를 옥죄여 왔는지 모르겠다. 아니 나를 그렇게 감정 없이 웃고만 있는 로봇으로 만들었는지도 모르겠다. 어느 날 SNS에 우울증 테스트가 올라와 해봤는데 대부분 항목에 해당이 되었다. 당시 나는 신빙성 없다며 무시해 버렸고 힘든 내 처지를 합리화하려 했었다. '이만한 직장이 어딨어?' '내가 하고 싶어 했던 일이잖아. 꿈이잖아' '세상에 쉬운 일이 어디 있어 직장 관둔다고 달리할 게 있어?'라는 말로 자신을 속이며 참고 지냈다.

지금 돌이켜 보면 난 나에게 참 잔인했다. 쉬고 싶을 때 일주일도 맘대로 못 쉬는 인생을 10년 동안 살면서 그 삶이 좋다고 스스로 주문을 외우며 살아왔으니 말이다. 남을 속이기는 어려워도 내가 나를 속이는 일은 생각보다 어렵지 않은 것 같다. 나보다 어려운 처지인 사람만 보아도, 또 그 인터넷에 떠도는 성취하고 도전하고 포기하지 말란 말들만 봐도 쉽게 속아 넘어간다. 하지만 그것도 열정이 남아있을 때 말이지. 마음속에 불씨마저 사그라들어 버리면 그때 사람들은 극단적인 선택을 한다. 꿈을 포기하거나 삶을 포기하거나.

나를 속이며 오래 살아왔던 기간이 길수록, 그 일에 내 모든 걸

다 바쳤었다면 꿈을 포기하기보단 삶을 포기하는 쪽을 택하는 것 같다. 이것이 아니면 나는 아무것도 아니게 되는 것에 허무함을 느꼈을 것이다.

꿈을 선택하는 삶은 그렇지 않은 삶보단 행복하다고 생각한다. 하지만 그렇지 않은 경우도 많다. 인생의 끝을 다 가보진 않아서 주제넘지만 결국, 뒤돌아보면 나 자신에게 잔혹했던 일은 다 부질 없는 짓이다. 나를 가장 소중히 여기고 나를 지킬 수 있는 사람 즉, 꿈을 내려놓을 수 있는 사람은 나밖에 없다는 말이다.

꿈을 이루고 생을 마감하는 사람들

바다에서 전복을 따는 해녀들에겐 한 가지 규칙이 있다고 한다. 그건 전복을 한 번에 떼어내지 못하면 바로 올라와야 한다는 것. 왜냐면 전복은 한 번에 떼어내지 못하면 더 강하게 바위에 달라붙어 절대 떨어지지 않는데, 그걸 포기하지 않고 떼려고 하다 보면 자신도 모르게 숨이 다해 위험에 빠진다는 것이다.

그래서 해녀들은 한 번에 떼어내지 못하면 미련 없이 돌아선다고 한다. 우리네 삶도 그렇다. 포기할 줄도 알아야 하는데, '노력하면 된다' '포기하면 지는 것이다' '절실하라! 미쳐라!'라는 말이 그러지 않아도 힘든 삶에 더 숨통을 조여 온다.

뭐 그리 포기하지 않고 싸워야 하는지, 언제까지 참고 견뎌야 결실이 얻어지는 것인지……. 참고 견디는 것을 미덕이라 여기는 세상에 염증을 느낀다. 최근 6년을 다닌 회사에 사표를 던졌다. 참오래 다닌 직장을 포기하자니 두려웠다. 여기서 이룬 것을 내려놓고 다른 곳을 찾아가기가, 과연 더 좋은 곳을 찾을 수 있을까? 하는 생각에. 그래서 숨이 막히고 정신이 몽롱해질 때까지 잡고 버텼던 거라…….

손을 놓아버린 지금에야 느끼는 것이지만, 놓는 것이야말로 도전할 때 보다 더 큰 용기가 필요한 것 같다. 퇴사를 앞둔 사람들에게 말해주고 싶다. 포기란 결코 약한 자신을 인정하는 행동이 아니라. 겁먹은 나를 버리는 가장 용감한 행동이라는 것을.

물질을 마치고 뭍으로 올라온 해녀

솔직히 말해 내가 떠나온 곳과 나를 떠난 사람들이
잘 안 되길 바란다.

내 빈자리 때문에 삐걱거리거나, 내가 없으면
안 된다는 걸 깨닫거나.

업무에 관해서 묻는, 날 찾는 귀찮은 전화가 왔으면 한다.

'거봐. 내 이럴 줄 알았어.'

라는 말이 내 입에서 나왔으면 좋겠단 생각을 한다.

하지만 나 하나 없다고 해서 달라지는 건 없었다.

어디서 빠진 지 모를, 바닥에 떨어진 나사처럼……,

이 나사 하나쯤 없어도 모든 가전제품이 잘 돌아간다.

세상에다 대고 복수심을 태워봤자 연기를 마시는 쪽은 언제나
나다.

할 일 없는 월요일 오전에 드는 생각

살다 보면 잘 되진 않아도 다시 집착할 무언가를 찾게 될 거다.

시작하지 않으면 계속 생각나는 무언가를

또 후회로 남을 것 같은 것을

하지만 도전하기엔 두려운

마치 짝사랑 같은 그것을

그걸 난 꿈이라고 말하고 싶다.


살다 보면 또 생길 거야

이별은 사실 용기다.
날 병들게 했던 사람을 떠나,
더 나은 삶을 찾아가려는 용기.

어쩌면 이직과도 같고,
또는 여행이나 독립과도
비슷한 일일 것이다.

전 여자친구가 내 SNS에 '좋아요'를 눌렀다. 내가 올린 그 글이 과거의 사람을 회상하는 글이었는데. 그것에 감정이입 됐는지……. 대충은 짐작은 간다. 이런 간접적인 시그널은 거의 6년 만이다. 사귄 지 2년째. 바람을 피우며 떠났는데 그 남자와 1년 만에 헤어지고 해외에 나가서 일한다는 소식까진 들었다. 그 이후 이런 소심한 소식을 들려주다니. 차라리 전화라도 한 통 해서 잘 지내냐 차 한잔하자 했으면 나도 만나서 차 한잔 정도는 했을 텐데 말이다.

아니나 다를까 참 신기하게도 한 달 후에 전화가 왔다. 한국에 왔는데 내가 쓴 책을 사서 보다 생각나서 전화했단다. 그 주 주말에 건대역 앞에서 만났다. 예전에 우린 건대역 근처의 샤부샤부 집을 좋아해서 참 많이 갔었다. 샐러드바도 있고 가격도 저렴해서, 돈이 궁했던 20대에 우린 참 즐겨갔던 곳이었다. 그날도 점심을 먹지 않았다기에 차만 마시고 보내기엔 좀 그래서 별생각 없이 그곳으로 갔다. 마주 앉으니 웃음이 나더라. 6년 만에 만난 우린 이제 둘 다 삼십 대가 되어 있었다. 서로 늙었다기보단 그때의 풋풋함이 사라졌다고나 할까.

우린 같은 직장을 다니던 동료였다. 사실 내 스타일은 아니었지만. 지방 살던 내가 서울에서 혼자 살려니 여간 외로운 게 아니었다. 그런 나에게 주말에 밥을 산다던 그녀가 반가웠다. 촌놈인 나에게 맛집을 소개하겠다며 데려간 곳은 강남역 근처, 한 스테이크 집이었다. 11번 출구에서 나와 언덕을 쭉 올라가다 보니 근사한 레스토랑이 나왔고, 조금 얼어 있는 나를 앞장서서 당당하게 데리고 들어가는 모습이 좀 멋있어 보였다. 안내하는 직원을 따라 예약돼 있던 창가에 앉아 메뉴판을 펼쳤는데, 생소한 단어들에 뭘 어떻게 주문해야 하는지 몰라서 당황하고 있었다. 그걸 또 눈치챘는지 "오빠 나랑 같은 거 먹을래요?"라며 분위기를 바꿔주었다.

그날 그 친구는 샛노란 색의 털이 가득한 앙고라 니트를 입고 있었다. 난 좀 그 어색한 분위기를 녹여보려고 "니트, 기관지에 안 좋겠는데요?"라는 농담을 던졌는데, 살짝 분위기가 싸~해지더니, 갑자기 배꼽을 잡으면서 깔깔 웃어댔다. 나중에 그 친구가 말하길 그 농담 너무 재미없었고, 그 니트는 전날 4시간을 쇼핑해 산 거였단다.

우린 스테이크를 시켰는데, 스테이크가 나오기 전에 빵부터 시작해서 샐러드에 스프에 생전 처음 보는 요상하게 생긴 조그마한 음식들이 나오는 바람에 메인 요리는 나오기도 전에 배가 차버렸다. 그 뒤로 우리가 정식으로 사귀었을 때도, 그 친구는 서울의 좋은 곳을 참 많이 데려가 주었다. 헤어지고 나서도 그게 참 고마웠다. 아무튼, 그렇게 잘 먹고 레스토랑을 나오던 길, 타부서 여직원과 마주쳐 사귄다는 소문이나 그렇게 사귀게 되었다. 난 밥만 먹으려 했는데……. 그리고 2년 후 우린 헤어졌다. 나 말고 다른 사람이 좋아졌다는 이유에서였다.

그때의 난 순수했었다. 순수하기보단 미성숙했단 말이 더 어울릴 것 같다. 내가 할 수 있는 일이란 최대한 날 불쌍하게 보여 그 친구의 마음을 돌리는 방법밖에는 생각나는 게 없어 잡고 매달렸다. 내가 그보다 더 좋은 사람이 되어 줄 테니 다시 생각해보라며…….

지금 생각하면 참 웃기다. 마음을 뒤집는다고 동전처럼 뒤집혀지지가 않는 것인데. 그게 가능할 거로 생각했다는 것이……. 늘 느끼지만. 마음에는 변수가 없다.

• • •

다시 찾은 샤부샤부 집은 여전히 그대로였다. 식당의 평균 수명은 5년이라고 하던데 거긴 여전히 그대로였다. 점심시간이 훨씬 지난 오후 3시라 그런지 사람들은 우리 둘밖에 없었고. 그러지 않아도 무거운 분위기가 더 무거워졌다. 예전에 즐겨 먹던 소고기 샤부샤부를 시켜서 뜨거운 육수에 살짝 담갔다가 꺼내길 반복하고 입으로 넣는데. 그날따라 고기가 질겨서 목구멍으로 잘 넘어가질 않았다. 채소만 둥둥 떠다니는 육수가 뽀얗게 우러났고. 온도를 두 단계 낮추니 끓는 게 멈췄다. 그때를 기다렸다는 듯이 그 친구가 어떻게 지냈냐는 주제를 꺼냈다. 주고받는 대화에 들키지 않게 나 잘 됐고. 아주 잘 산다는 말을 대화 중간마다 섞었다. 한데 그것도 치사한 복수 같아서 더 입을 열지 않았다. 그 친구는 그날도 앙고라 니트를 입고 왔다. 이번엔 붉은색 앙고라였는데. 나도 모르게 옛 생각이 나서 "기도 막히겠다."라고 했더니 여전히 (기억했는지는 모르겠지만) 그 시답잖은 농담에 또 웃었다. 우리 식사는 소개팅하는 커플들처럼 어색하게 끝났다.

따뜻한 곳에 있다 나왔더니 추웠다. 만남이 무색할 만큼 이제 헤어지면 또 언제 만날지 모른다. 정말 끝인 것이다. 아무리 끈질긴 연인들도 두 번째 헤어짐 뒤에 세 번째는 없다. 양말을 다 빨아서 본의 아니게 그날 발목양말을 신은 탓인지 발목이 시려 헤어짐을 더 재촉하듯 발을 동동 굴렀다. 그리곤 이제 가자고 "안녕"하고 뒤돌아서 가려는데. "오빠!"라는 소리가 들렸다.

"응?"
"할 말이 있는데. 술 한잔할래?"
"나 알코올 알러지 생겼어"
"하하하. 무슨 소리야 웃기고 있네."
"진짜야 마시면 두드러기 생겨"
"소주 한잔하자"

"안 돼. 나 개밥 줘야 해. 이건 정말이야 나 개 키워"

"하…… 알았어…… 오빠!"

"응?"

"미안해……."

"뭘?"

"그냥 다"

"뭔 쓸데없는 소리를 해. 인제 와서"

"사과하고 싶었어."

"너 죄책감이나 덜자고 나 부른 거야? 끝까지 이기적이네? 사과 받아줄 생각 없어. 가. 그냥"

"미안해 정말 그때는…… 그렇게 하지 않으면 오빠가 떠나지 않을 것 같았어."

"그래서 그게 변명이야? 6년이나 지나서 너 행동 정당화하려고? 아서라~ 그래, 솔직히 말할게, 사실 용서해줄 마음도 없어, 마음이 남아있어야 용서를 하지. 이제 그런 감정조차 없어 그러니까 너도 미안해하지 말고 잘 살아."


왜 6년 만에 이런 말을 하는 걸까. 하긴 헤어지던 날에도 "미안해" 보다, "그 사람이 더 좋아졌어"라고 했던 무정한 너였으니까. 6년 만에 사과를 하는 것도 이상할 건 없다. 오늘 사과를 받을 거란 예상. 아니 그 비스무리한 뉘앙스라도 꺼내지 않을까 하는 예상 정도는 했고, 그러면 난 어떤 대답을 할까 생각 안 한 것은 아니다.

아니. 그것보다 사과한다면, 무엇보다 빨리 대답해 주고 싶었다. 감동한 느낌을 주고 싶지 않아서, 드라마처럼 멍하니 그 말을 듣고 서 있는 상황은 만들고 싶지 않아서.

결국, 하고 싶은 말은 다 전했다. 마음에 비수가 됐으리라 생각 하지만, 미안한 마음은 없었다.

내 말을 들었던 그 친구는 후련해했을까? 아니면 속상해했을까? 내가 돌아서는데도, 그 자리에 서 있었는데……. 지금 글을 쓰는 이 순간에도 잘 모르겠다.

그 후로 다시 연락이 오진 않았다. 만약, 또다시 6년이 지나 만 난다면, 그땐 서로 아저씨 아줌마가 되어 있겠지. 그해 말 샤부샤 부 집은 문을 닫았다. 역시 5년 이상 장사를 하는 곳은 참 드물다. 동네 장사는 더 그런 것이, 동네 사람들이 그 맛에 익숙해져서 멀 리서 사람들이 찾아오는 맛집이 아닌 이상 메뉴를 바꾸거나 문을 닫는단다. 추억 때문에 다시 찾은 옛 동네가 낯선 이유는 그 이유 때문이겠지.


다시 찾은 맛집

## 단호한 행복

2011년 동일본대지진 이후 결혼과 이혼이 급증했다고 한다. 이유인즉, 사람들이 죽을 고비를 넘기고 나면 결혼을 망설이던 사람은 결혼하고, 이혼을 고민하던 사람은 이혼해서란다.

그 말을 듣고 참 많은 생각이 들었다. 사람들은 꼭 큰일이 터지고 나서야 그제 행동하는 것 같아서.

담배도 좋지 않은 걸 분명 알면서도 병이 나기 전까지 피우고, 썩은 이도 통증이 심해져야 뽑는 것처럼, 꼭 큰일이 닥치고 나서야 늦은 결심을 하는 것 같다.

대지진이 일어나기 전, 그때 그 사람들은 이러지 않았을까? '지금 이 사람보다 더 좋은 사람이 혹시 나타나지 않을까?'라며 결혼을 망설이고, 또는 '나를 이만큼 사랑해 주는 사람이 어디 있겠어.'라며 이혼을 미루면서 자신에게 독이 되는 사람과 헤어지지 못해 살지 않았을까?

물론 대지진 같은 시련은 오지 않아야 하지만, 시련이란 사람을 더 단단하고 단호하게 만든다.

또 큰 결심을 하게 만들고, 고개를 들어 미래를 보게 만든다. 해

서 당신의 시련을 응원한다. 겪고 나면 분명 우린 오로지 내 행복
만을 위한 단호한 결정을 내릴 것이라 믿어 의심치 않는다.

생각해보면 이별은 대부분 토요일 오후에 하는 것 같아요.

평일에 고민하고, 주말에 결심하는 행동을 반복하다

도저히 이대론 못 살겠다. 안 되겠다.

하는 그 주 토요일 이별을 고하고, 일요일에 쉬는 것처럼

말이죠.

맞아요. 사랑도 감정노동인 것을 다시금 느끼네요.


마음이 떠나면, 사랑도 노동이죠

삶에 좋은 리듬을 유지하고 싶다.

내가 잘 못 느끼는 건지

아니면 가을이란 계절이 그런 것인지

사계절을 보내고 나면 가을바람만 기억에 남는다.

그래서 가을에만 바람이 부는 것 같다.

그 바람에는 기분 좋은 리듬이 있다.

귓속에서 잠시 소용돌이치다 조용히 빠져나가고

또 다른 바람이 불어 드는 그 일정한 리듬

꼭 특별한 장소가 아니어도

동네 놀이터 미끄럼틀에서도

회사 옥상에서도

고도가 조금 높은 곳이면 어디든지

눈 만 감으면 그 바람이 찾아든다.

분명 천국의 계절은 가을일 것이다.

중2병, 그리고…… 그 바람

돈과 행복에 관해서 오래도록 고민을 했다. 돈과 명예를 가져도 괴로워하거나, 스스로 목숨을 끊는 사람들을 보면 꼭 돈이 전부는 아니구나 하다가도 정작 돈이 없어 힘들어하는 나를 보면, "아……돈만 있었으면"하는 말이 입에서 튀어나오니. 돈이 전부인 것 같다가도 또 아닌 것 같기도 하고. 그 돈과 행복의 연관성에 대해서 나름대로 생각을 하고 내린 결론은 이렇다.

내게 많은 돈이 생긴다면 난 무엇을 할 것인가. 일단 부모님께 집을 지어드리고, 일도 그만하게 해드린다. 그리고 난 한강이 훤히 보이는 집을 사고, 여러 나라를 여행하며 살 것 같다. 돈이 많으면 결혼도 문제가 없을 것 같고 이만한 삶이면 충분하겠다는 생각이 들었다.

한데, 정말 이렇게 반듯하게만 살게 될까? 나에게 그 정도 돈이 생긴다면 그만한 권력도 손에 넣을 수 있을 텐데, 난 내 삶을 잘 제어하며 살 수 있을까에 대한 물음이. 과연 그 권력을 잘 통제할 수 있을까 하는 질문을 하게 된다.

가끔 뉴스를 통해 재벌들의 소위 말하는 '갑질'을 종종 보게 된다. 그런데 한 가지 흥미로운 점은 소리를 지르며 하는 멘트가 하나같이 똑같다는 것이다. "내가 누군 줄 알아?!" "네가 어딜 감히!"

마치 노예를 대하듯이 사람을 지배하려는 욕구가 분출한다. 주어진 권력, 그에 따른 지배욕에 사로잡혀 버린 것이다.

사람은 힘이 생기면 그 사람의 본모습을 보게 되는데, 그만한 그릇이 못 되는 사람이 권력을 쥐었을 때 자신의 욕구를 감당하지 못한 것이라 본다.

소년등과少年登科라고 '젊은 나이에 과거에 급제하던 일'을 일컫는 말이 있다. 그 말은 좋은 뜻으로 풀이되진 않는다. 어린 나이에 큰 성공을 거두면 끝이 잘 못 된다는 말이다. 이렇듯 성공은 사람을 성숙한 인간으로 만들어 주진 않는다. 성공은 항상 교묘하게 불행을 뒷짐 지어 가져온다.

그래서 나에게는 행운이나 성공은 내가 잘 준비된, 가장 알맞을 때 왔으면 좋겠다. 지금 나에게 성공과 권력이 쥐어진다면, 내 내면의 또 다른 악한 자아에게 지배당할 것이 뻔하다. 글은 내팽개쳐 버리고, 그동안 참아왔던 욕구를 분출하며, 값비싼 외제 차를 타고, 백화점에서 명품쇼핑을 하며, 사람 많은 거리를 활보하며 시선을 즐길 것 같다. 그런 허세 가득한 이면이 내 안에 숨어 있다.

돈이야 많으면 지금 내가 겪는 많은 문제가 해결되겠지만, 인간답게 살지 못한다면 무슨 소용일까. 느리지만 지금 내 앞의 시련을 거치며 성장해야 성공이 오더라도 욕망에 지배당하지 않을 것이다. 사람들의 솔직한 마음도 듣고 싶다. 만약 돈과 권력이 생기면 뭘 하고 싶은지.


우리 인생의 마지막 관문은 돈 잘 쓰기

쉴 때에요, 이제는.

삶에 낭비란 없다. 지금 하는 일이 무료하고 즐겁지가 않다면, 그것이 나에게 맞지 않는 일이라는 걸 깨닫고, 배움을 얻었다면 그만이다. 적어도 내 인생은 그렇다. 내 뜻대로 살아지지 않았다. 대학을 졸업하고 전공대로 살아보려고 했지만 실상 너무 나와는 안 맞아 관두고, 이리저리 살다 보니 이렇듯 글을 쓰게 됐다. 꼭 나만 그런 것도 아닌 것 같다. 사회에 나와보니, 고등학교를 졸업하며 선택했던 전공대로 사는 사람들이 몇 안 된다.

'무라카미 하루키むらかみはるき 村上春樹'라는 작가는 재즈카페를 운영하다가 1978년 메이지 진구 구장에서 1회 말 '데이브 힐턴'이 2루타를 친 순간, 문득 '소설을 쓰는 작가가 되어야겠다'라는 마음을 먹었단다. 그의 나이 29세였다. 그래서인지 하루키의 작품 곳곳에는 재즈카페를 운영하던 때의 이야기들이 녹아있다.

우리 삶을 자세히 들여다보면, 우리가 살아가며 겪었던 방황과 시련, 좌절, 배신, 이별 이 모든 일이 맥 빠지지만, 결국 나를 완성해 가는 과정이었다.

'스티븐 잡스Steven Paul Jobs'는 어느 강연에서 이런 말을 했다. "우리는 매 순간 수많은 점을 찍으며 살아간다. 나중에 뒤를 돌아보았을 때 비로소 그 선이 이어진다는 것을 발견했다."

지금 밤이라면

당신에게 방에 불을 끄고 밤하늘을 볼 수 있는 낭만이 있다면

저 하늘 수많은 별이. 그리고 그 별들이 이어져

물병자리나 전갈자리로 불리고 있듯이

결국, 내 인생 어느 한 점 쓸모없는 순간이 없는 것이다.

괜찮다. 방황하고 있는 지금도.

그저 뒤돌아봤을 때 내 인생의 빛날 한 점이다.

당신은 이 말 하나만 기억했으면 좋겠다.


'Every moment makes me. Make it count'

'모든 순간이 나를 만든다. 순간을 소중히'




별이 많을수록 밤하늘은 아름답다

행동하지 않으면 아무 일도 일어나지 않는다.

하지만, 살면서 시간을 믿어야 하는 때도 있다.

손 놓고 가만히 있는 순간에도,

시간은 자신의 존재를 증명하려 많은 것을 변화시킨다.


시침은 분침보다 언제나 느리지만,

더 큰 의미를 부여한다

90년대 초반. 집 앞 슈퍼에 처음으로 1.5 ℓ 생수가 들어왔다. 그때 마을 사람들이 생수가 진열된 그 앞에 서서 "이걸 누가 사 먹어"라며 한마디씩 했던 것이 기억난다. 슈퍼 진열장 콜라 옆에 자리를 잡은. 아무런 맛도 나지 않는 무색 무향의 생수. 그때만 해도 집집마다 보리차나 둥굴레차를 끓여 먹었는데. 가끔은 수돗물을 그대로 받아먹는 사람들도 더러 있었다.

시간은 흘러서 10년이 지난 지금. 사람들에게 생수는 없어서는 안 되는 생필품이 되었다. 그때, 누가 이런 걸 사 먹느냐고 한마디씩 했던 사람들마저도 사 먹고 있겠지?

세상은 빠르게 변하고. 내가 맞다 생각하는 것이 언젠가는 틀린 게 되고. 내가 틀리다 생각하던 것이 언젠가는 맞는 일이 된다. 그렇듯 정답이 정해진 것은 없다. 그 당시에 그게 맞아 떨어진 것뿐이지. 주변에 사업을 시작하거나 작곡이나 음악을 하는 지인들이 고민을 털어놓을 때 나는 이런 말을 해준다. 얼마나 오래 잡고 있었는지. 그 꿈을 얼마나 지켜왔는지 말이다.

무언가 반짝 떠오른 아이디어를 가지고 조금 도전해 보다가 적성에 안 맞아. 또는 잘 안 돼 라고 한다. 요즘 '유튜브'가 그렇다. 한순간에 성과가 나지 않으니 조금 해보다 포기해버린다. 꿈에게 물을 주고 햇볕 좀 쐬어 줬다고 바로 크지 않는다. 땅에 심어 놓은 씨앗이 자라리라 믿고 기다려야 하는 것처럼. 꿈을 키운다는 것은 인내가 필요하다. 꿈이 인내를 요구하는 것은. 우리가 자만하길 원치 않기 때문이다. 하지만 그 깊은 뜻도 모르고 아무런 반응 없는 땅만 보다가. 대부분 사람은 돌아서고 만다.

꿈이라 불릴 만한 자격

작가로 살다 보니 간혹 메일이나 SNS로 작가가 꿈인데, 어떻게 하면 글을 잘 쓸 수 있나요? 라고 물어오는 사람들이 있다. 그럴 땐 어떤 글을 쓰시는지 묻고, 그 친구들의 글을 봐주는데, 대부분 아주 화려한 미사여구와 기교가 들어가서, 정확히 어떤 뜻을 전하고 싶어 하는지 알 수 없었다. 그럴 때 그들에게 누구를 위해서 글을 쓰는지 묻는다. 그러면 열이면 열 돌아오는 답변은 "제 글을 읽을 독자들을 위해서요"라고 대답한다. 하지만 나는 생각이 좀 다른데, 글쓰기는 나를 위해서, 나만이 본다고 생각하고 써야 한다고 말해준다. 그래야 솔직한 글이 나올 수 있다고 조언해준다.

일기장을 들켜버린 아이들은 더는 솔직한 이야기를 담지 못한다. 그저 형식적인 '오늘은 아침에 일어나 김치찌개를 먹고, 오후에는 친구들이랑 놀다가 잤다. 참 즐겁고 보람된 하루였다'라는 형식적인 글을 쓸 뿐, 솔직한 마음을 감춘다.

그렇듯 처음 글을 쓰는 친구들은 참 어렵게 쓴다. 60~70년대에 태어나지도 않았는데 보릿고개 때의 글을 쓰고, 마치 어린아이가 TV에 나와서, 신동이라며 어른들이 칭찬하면 그 기대에 맞추기 위해, 춤추고 노래하는 것처럼, 다른 사람의 기대에 맞추려고 글을 쓴다. 하지만 난, 글을 쓰는 사람이 자기 나이에 맞는 순수함을 표현했으면 좋겠다. 그리고 쉽게 써도 괜찮다. 훌륭한 선생님일수록 어려운 문제를 쉽게 설명하는 법이니까.

　사람들은 사회생활에서, 내가 어떻게 하면 더 똑똑해 보일까, 어떻게 하면 경험이 많은 사람처럼 보일까, 또는 이렇게 하면 날 우습게 보이진 않을까 하면서 늘 남들을 의식하며 산다. 그래서 대부분 어색한 옷을 입고 다닌다. 나 역시, 아직 어색한 옷을 걸치고 있지만 언젠가 완전히 벗어던지는 그때, 더 좋은 글이 나올 거라 믿는다. 결국, 하나뿐인 내 인생 나답게 살아야 하는데, 내가 정의하는 나답게 산다는 것은, 난 나를 위해서 글을 쓰는 것이라 말하고 싶다.


나답게 산다는 것은

나는 '이 또한 지나가리라'라는 말을 좋아하지 않는다. 저 말의 일화를 잠시 소개하자면. 이스라엘 제2대 왕인 다윗은 어느 날 세 공사를 불러 "날 위한 반지를 만들되. 내가 승리에 도취 된 순간 나의 교만함을 일깨우게 하고. 내가 큰 절망에 빠졌을 때 나에게 용기를 줄 수 있는 글귀를 담아라"라고 지시했다. 그 세공사가 반지 위에 새길 문구를 몇 날 며칠을 생각했으나. 도무지 생각나지 않아 다윗왕의 아들인 솔로몬을 찾아가 사정을 말했다. 그때 솔로몬은 반지 세공사에게 이렇게 새기라고 했다.

'This, too, shall pass away'
'이것 역시 지나갈 것이다'

힘들 때야 위로가 되는 말이기는 하지만. 기쁠 때는 저 말처럼 사람 기분 초 치는 말이 없다. '맞아 언젠가 끝나겠지' '이 행복도 언젠가 지나고, 곧 불행이 오고 말 거야'라는 것처럼.

사람을 즐겁지도 슬프지도 못하게 하는 아주 지독한 말이다. 아무래도 '솔로몬'은 아버지 '다윗' 왕에게 원한을 품고 있었던 게 아닐까 싶다. 다윗의 정권에 대한 불만으로 말이다.

기쁨도 마찬가지지만. 슬픔을 온전하게 슬픔으로 느끼지 못하는 것 또한 저주란 생각이다. 슬픔과 기쁨은 쌍둥이라 생각한다. 아주 바닥까지 끌어당기는 슬픔은, 새총처럼 결국 날 다시 하늘로 쏘아 올린다.

'이만큼 슬펐으면 이제 기쁠 차례다'라고 슬픔에 보상을 해준다.

그렇게 쏘아 올려진 나는, 붕~ 뜨며 잠시 행복을 만끽하다 또다시 바닥으로 떨어진다. 애석하지만 그것을 반복하며 사는 게 인생이란 생각이다. '앵그리버드처럼' 끝까지 당겨질수록 우린 더 기쁠 것인데. '이 또한 지나가리라'라는 말의 저주에 걸려 슬픔에도 끝까지 당겨지지도 못하고, 그렇다고 높이 쏘아 올려지지도 못하는 무색무취 감정에 빠져 살아가고 있는 것은 아닐까. 마치 마음이 석고처럼 굳어져 울고 싶은데 울지 못하는 어른들처럼 말이다.

슬픔을 두려워하지 않았으면 좋겠다. 늘 말하지만, 불행과 슬픔은 절대 손해 보는 장사가 아니다. 얼마나 중요하면 내가 이렇게 반복적으로 원고에 써넣을까? 그러니 나에게 다가오는 불행을 외면하지 않았으면 좋겠다. 하지만 사람들은 피해버리거나 굴속으로 숨어버리는 방법으로 손해를 보고, 잊어버리는 쪽을 선택한다. 그때 마음이 석고처럼 굳어 간다.

어른은 불행을 담담하게, 태연하게 받아들인다고 자랑스럽게 말하지만, 그건 마음이 고장 나, 제 기능을 다 하지 못하는 것인데, 고장 난 마음을 가지고 자랑스러워하고 있던 것이다.

슬픔과 불행에 당당히 직면해야 한다. 그리고 충분히 괴로워하고, 눈물도 흘려야 할 것이다. 그래야 다가올 기쁨에 밝게 웃을 수 있다 본다.

·당당히 어둠을 맞이하기

사랑은,
현재를 웃게 하고
미래를 기대하게 되고
과거를 잊게 하죠.

여자친구는 놀이공원을 좋아했다. 나도 놀이공원을 좋아했지만, 놀이공원의 바이킹이나, 롤러코스터 같은 기구를 타는 것은, 당신은 이제 이승을 떠나 저승으로 갈 테니 안전바 확인해주시고 핸드폰이나 떨어질 물건을 현생에 맡기라는 것과 같다. 마치 노잣돈과 함께 묻는 것과 말이다.

그 당시 우리는 연애를 한 지 1년이나 되었는데, 놀이공원을 한 번도 가보지 않아서 에버랜드로 향했다. 놀이공원에는 사람들이 역시 많았다. 거의 다 우리 같은 커플이거나 학생, 가족들이 대부분이었다.

한 1시간쯤 놀았을까? 다 나았다고 생각했던 족저근막염이 재발해서 발바닥이 아파와 걷는 게 힘들어졌다. 쩔뚝이며 걸으니 여자친구가 말했다.

"오빠 어디 아파?"
"아니 괜찮아. 별거 아니야!"
"발 아파? 아프면, 그만 놀까?"
"아니 온 지 얼마나 됐다고, 더 놀아야지 괜찮아. 신경 쓰지 마."

여자친구는 신통치 않게 알겠다고 말해 놓고는 힐끔힐끔 내 다리를 보며 신경 쓰는 게 보였다.

"그럼 오빠, 저기에서 좀 쉬다 가자. 내가 발 좀 주물러 줄게"

"사람들이 이렇게 많은데 뭘 주물러. 쉬기는 하는데 주물러 주진
마."

"알았어. 그럼 쉬기만 하자."

적당한 벤치를 찾아 앉았는데, 눈앞에는 색이 알록달록한 튤립
이 무성하게 피어있었다. 우리가 앉은 의자는 높이가 낮았고, 의
도해서 만들어놓았는지 등받이가 뒤로 약간 젖혀져 있었다. 그것
때문에 눈높이가 낮아져, 마치 튤립 나라에 온 것처럼 온 세상이
꽃밭처럼 보였다. 작은 탄성이 튀어나올 뻔했다. 그때 여자친구가
말했다.

"오빠, 튤립 진짜 예쁘다. 여긴 사람들도 안 다니니까 내가 발 좀
봐줄게."

"뭘 자꾸 본대. 냄새나는 발을 왜 자꾸 본대. 됐다니까!"

"아니 걱정돼서 그러지. 나 삐지는 거 보고 싶어? 나 집에 간다."

"하…… 쫌. 사람들이 욕해! 예쁜 여자친구 부려먹는 놈이라 생
각할 거 아냐!"

"좀 부려먹으면 어때. 오빠 잘나 보이고 좋지!"

"아 진짜. 사실 나 양말에 구멍 났단 말이야. 어떻게 넌 눈치가

없냐?"

배꼽이 빠져라 깔깔 웃길래 나도 따라 웃었다. "어디 보자. 우리
시키"라며, 신발을 벗기더니 발을 주물러줬다. 내가 하지 말라 해
도 하지 않을 애가 아닌 걸 알기에, 그대로 발을 맡겼고 여자친구
는 발을 주무르며 말했다.

"내가 엄마 아빠 발도 이렇게 주물러주지 않는데, 오빠는 진짜
영광인 줄 알아."
"그럼 오늘 집에 가서 주물러 드리면 되겠네. 쌤쌤이 해야지
뭐."
"말을 꼭 그렇게 해야 해? 고마우면 고맙다 하면 되지. 뭔 남자가
자존심이 이렇게 쎄?"
"발 냄새는 마음에 들어?"
"몰라. 다행히 튤립 향기 때문에 묻혔나 봐."

시시콜콜한 농담을 주고받다 여자친구가 뒤에 했던 말이 아직도
기억에 남는다. 아마 평생 살면서 이 말보다 더 좋은 말을 또 들을
수 있을까 하는 말이었다.

"오빠 난 참 다행이다."
"뭐가?"

"난 오빠가 첫사랑이잖아. 그런데 1년을 만나보면서 느낀 건, 내 첫사랑이 오빠라서 참 다행이란 생각이 들어. 요즘 이상하게 시간이 빨리 가 나이를 먹을수록 그렇다던데 오빠도 그래? 그래서 하루 한 시간 일분일초가 아깝지 않은 시간이 없어~ 우리가 만약 헤어져도 인정하긴 싫겠지만, 그 소중한 시간이 오빠라서 다행일 거야."

그렇게 발을 정성스럽게 주물러 주던 여자친구는 2년 후에 바람이 났다.

새드엔딩

## 사랑은 달콤한 거짓말

사랑은 서로에게 달콤한 거짓말을 해주는 거래요.

헤어지면 접싯물에 코 박고 죽어버릴 거야

또는 너 없으면 못 살 거야

네가 제일 예뻐

네가 제일 멋져 라는 말들은

사실은 나 자신마저 속여 버렸던 거짓말이었죠.

내 입으로 말하기 창피한 이야기지만. 어릴 적 나는 남녀가 사귀면 결혼을 해야 한다 생각했다. 아니 이 말을 다시 하자면, '사귀면 결혼을 해야 한다'는 생각으로 살아왔던 것 같다. 이유인즉, 우리 부모님도 서로가 첫사랑이고 연애해서 결혼했기 때문이다. 당연히 사랑한다 말해서 연애를 하고. 그 말에 책임을 지며 사귀다가 서로 나이를 먹어 결혼하고. 그렇게 아이를 낳고 사는 줄로만 알았다.

난 지금 어린 나이도 아니고, 더구나 세상에 데일 대로 데이고, 배울 대로 배워. 이제 알만도 할 텐데, 아직도 '연애와 결혼'을 따로 생각하는 것은 이해되지 않는다. 해서 "너도 연애 따로 결혼 따로라고 생각하니?"라고 친구들에게 묻고 싶은데, 돌아오는 대답에 내가 수긍하고. 나도 결혼을 그렇게 생각하게 될까 봐 묻지 않았다.

앞으로 내가 만날 사람이 만약 속으로 '넌 결혼보단 연애하기에 좋은 사람이야' '이 사실은 숨기고 연애만 해야지!'라고 한다면 얼마나 슬픈 일일까? 서로 사랑한다 말하지만. 그 말이 품은 뜻은 각자 다르다니…… 난 "죽을 때까지 사랑해"인데, 상대방은 "난 예식장 문턱까지만 사랑해"라면…….

창피한 말이지만 아직도 순수한 마음으로 사랑을 하고 싶다. 연

애 따로 결혼 따로라는. 마치 그 네모난 동그라미 같은 모순을 아
직까진 믿고 싶지 않다.


촌스러운 남자

## 우린, 앞날을 알 수 없기에

최근 결혼하는 친구에게 축사를 부탁받고, 어떤 말을 해줄까 깊은 고민에 빠졌었다. 이유인즉, 난 아직도 사랑을 모르겠고, 더군다나 결혼은 사랑의 결실이기 때문에, 결혼도 안 한 내가 조언할 처지가 아니었다. 해서 다른 사람의 말을 빌리기로 했다.

프랑스 작가 '앙드레 모르와Andre Maurois'는 결혼에 대해 이런 말을 했다. "결혼이란, 적당한 짝을 찾는 것이 아니라, 상대방에게 적당한 짝이 되어주는 것이다."

사람들은 내가 상대방에게 부족한 사람이 아닐까 고민하기도 하고, 또는 내가 아깝다는 생각을 하기도 하는데, 그건 코앞만을 바라보고 사는 사람들의 생각이다. 사람의 앞날은 어떻게 될지 알 수 없기에 행운이 따르기도 하지만, 반대로 실패도 있기에 사람들은 암묵적으로 그것을 두려워하고 사는 것 같다.

그런데 내 옆에 사람이 어떤 모습으로 변해도 곁에 머물겠다고 또는, 더해 사랑하겠다고 한다면 얼마나 행복한 일일까. 여기까지 써보니 아마도 사랑이란 건 또는 결혼이란 건, 사랑하는 사람의 눈높이에 맞춰 내 무릎을 굽혀주는 일, 그런 일이 아닐까 싶다. 이런 말을 날 좋은 오후 신랑과 신부에게 해주었다.

가만 보면 내가 외롭고 싶은 순간에는
세상은 날 외롭게 두지 않아요.

서초역과 교대역 사이에 굴전을 잘하는 밥집이 있다. 1년, 365일 굴을 어디서 그렇게 공수해오는지 여름에도 굴전과 굴국밥을 판다. 그 근방에서 6년을 살았기 때문에 집을 구할 때마다 만나는 부동산중개사 사장님과 친해져서, 집을 계약하고 저녁을 함께 먹게 됐다.

굴국밥 두 그릇과 굴전 하나를 주문했는데, 뒤늦게 나온 굴전은 달걀옷을 얇게 입혀서, 기름에 노릇노릇하게 튀겨져 나왔다. 알이 제법 컸고, 큰 대접 가운데에는 잘게 썬 쪽파가 들어있는 간장 종지가 있었다. 하나를 집어 간장에 찍은 다음 한입에 넣으니 뜨거워서 무슨 맛인지도 모르겠더라. 그런 모습에 사장님은 엄마처럼 천천히 먹으라며 타이르셨다.

나이는 정확하게 모르지만, 나보다 2살 많은 시집간 딸이 있다는 말을 들어서 대충 짐작할 수는 있었다. 그간 6년을 보아오면서 참 대단한 분이라는 생각을 많이 했다. 그 일대 사람들이 가장 많이 찾고, 정보력이 좋은 분이시라 부동산 관련한 일을 하는 웬만한 사람들은 그 여자 사장님을 잘 알고 있었다.

문득, 그전에는 무슨 일을 하셨는지 궁금해졌다. 대화 도중 자연스럽게 여쭤보니, 돈을 벌기 위해 이것저것 많이 했었는데, 그중에 명품의류를 판매했던 적도 있었다고 했다. 그 일을 하면서 느낀 것을 말해주었는데, 아직도 그 말이 잊히지 않는다.

어느 날 유명 디자이너의 옷들이 들어왔고, 그중 참 별로라고 생각한 디자인의 한 롱코트가 있었단다. 옷의 색감도 그렇고, 팔은 통이 너무 커서 나풀거리는 것이 촌스럽게 보였는데, 물건을 들이면서 '이게 팔리겠어?'라며 가져온 직원에게 핀잔 아닌 핀잔을 주곤. 대충 옷걸이에 걸어 구석에 밀어두고 속으로 '저런 옷을 만든 디자이너도 참 감각이 없네, 안 팔리면 반품해야지' 했단다. 어느 날 한 여자 손님이 들어와서 구석에 밀어둔 그 옷을 골라 입었는데, 그 옷이 주인을 만난듯이 그렇게 잘 어울렸단다. 물론 그 손님도 마음에 든다며 바로 사 갔고.

그때 든 생각이 '내가 참 내 위주로 생각하고 있었구나.' 일면식도 없는 그 디자이너에게 너무 미안했고, '여태껏 내가 살아오면서 이런 잘못을 몇 번이나 반복해왔을까'라는 생각에 자신이 부끄러웠단다. 그 저녁 시간에 많은 대화를 주고받았는데, 저 말이 가장 기억에 남았다.

사람들은 항상 늘 주관적으로 생각을 한다. 나이를 먹을수록 내 주관은 고집이 붙어 더 확고해진다. 그래서 남을 함부로 평가하고, 지적하고, 인정하지 않고, 타협하지 않으려 한다. 사람 관계에서도 적용되는데, 그건 상대를 잘 알지도 못하면서 한 가지 행동만 보고 "넌 그런 사람이야"라고 단정해 버리는 오류를 범하기도 한다.

어쩌면 옷이 별로라며 구석에 밀어둬 버렸던 그때의 사장님처럼, 지금 나 자신도 좋은 사람을 알아보지 못하고 있는지 모르겠다. 그렇듯 자만에 빠져버린 사람은 좋은 인연이 와도 알아보지 못하고 놓쳐버린다.

선입견은 부족한 견문에서 생긴다

사람 마음을 얻기 위해 좋은 사람인 척 연기를 한다 해도 결국, 들키고 만다는 게 나의 생각이다.

썩은 생선을 아무리 잘 감쌌다 해도 비린내가 날 수밖에 없는 것처럼, 사람의 본모습은 은연중 튀어나오기 때문에, 아무리 노련한 사람이라도 본성은 결코 감출 수 없는 것 같다. 만약 운 좋게 얻게 됐다 해도 언젠가는 잃고 말겠지.

살아보니 알겠다. 사람 마음은 물건처럼 훔칠 수 있는 게 아니라는 걸. 또 이 세상 모든 것은 내 그릇의 크기에 맞춰 담길 수 있는 만큼만 담을 수 있다는 것을. 해서 사랑받을 자격이 있는 사람이 되고 싶다. 큰 그릇이 되어 나에게 과분했던 사람을 맞이하고 싶다. 만약 기다려왔던 사람을 만난다면 난 어떤 말을 먼저 해야 할까? 그런 상상은 언제나 즐겁다.

에스프레소 샷잔

"인간관계도 마찬가지로
매듭은 푸는 것보다 자르는 게 빠르죠."
라는 말을 들었다.

어른들은 그런 것 같다.
굳이 필요 없는 인맥과의 갈등은
푸는 것보다 잘라버리는 쪽을 선택하는…….

매듭을 푸는 것보다 잘라버리는 것이 어른이라면,
자존심을 내려놓고, 손톱이 아리도록
풀어 보려 하는 나는, 과연 철없는 짓을 하는 것일까?
아니면 이것도 내 욕심인 걸까?

세상에 사과謝過 바이러스가 퍼졌으면 좋겠다.
작은 잘못에도 사과하고 넘어가도록,
애초에 매듭 따위 푸는 일이 없게.
그렇게 세상이 홍시처럼 물러 터졌으면 좋겠다.


내게 남은 건 자존심뿐이라

설날에 만난 조카가 울며불며 떼를 썼다. 이유인즉 순천에 있는 '정글짐'을 데려가기로 했다가, 바로 집이 있는 여수로 간다고 했기 때문이다. 그 '정글짐'이라는 곳은 어린애들에겐 천국(?) 같은 곳인데 실내가 작은 놀이동산처럼 꾸며져 있고, 특히 조카가 좋아하는 '트램폴린'과 '기차'가 있어서 그걸 타고 노는 것을 좋아했다. 그런 그곳을 누나는 데려가겠다고 약속했었나 보다. 아마도 조카가 가기 싫어하는 큰집에 데려가려다 보니 정글짐을 미끼로 홀린 것 같았다. 결론은, 조카는 누나에게 속았고, 그 배신감에 부들부들 치를 떨고 있었다. 그 모습에서 예전 내 어릴 적 모습이 떠올랐다.

우리 집은 대대로 강아지 이름이 '메리'로 통용됐었다. 나에겐 '메리 2세'가 있었는데, 검은 털이 매력적인 강아지였다. '요크셔테리어'와 이름 모를 바둑이 사이에서 태어난 강아지였는데, 정말 영리해서 나랑 노는 데 문제가 없었다. 학교를 다녀오면 나가서 친구들이랑 놀기보단 주로 '메리'와 시간을 보냈는데, 그러던 어느 날 하굣길에 언제나 마중을 나오던 메리가 보이질 않았다. 아버지에게 여쭤보니, 잠시 할아버지 집에 보냈다고 했다. 열 밤 자고 일어나면 메리가 올 거라 했지만, 열 밤이 지나도 메리는 오지 않았다. 난 아버지에게 메리를 데려오라며 울며불며 떼를 썼는데, 아버지는 그런 모습이 속상하고 화가 나셨는지 회초리로 날 때리셨다. 그 이후 메리를 입에서 꺼내지도 않고, 잊고 지냈다. 어느덧 난 고등학생이 되었고 어느 날 누나가 몰티즈를 키우겠다며 강아지 한 마리를 데려왔는데, 그런 복슬복슬한 몰티즈를 보고 있자니 문득 메리가 생각났다. 저녁에 조심스레 아버지에게 그때 그 메리는 어떻게 된 거냐 물었는데, 학교에서 돌아오는 나를 마중 나갔다가 차에 치여 떠났다고 했다.

어른들은 아이들에게 거짓말을 잘 한다. 애들은 어차피 내일이면 잊어버린다며, 아이들과의 약속을 너무나 가볍게 여긴다. 난 지금까지 기억하고 있는데 말이다. 그때 솔직히 말해줬다면 마음은 더 힘들었을 테지만 오매불망 기다리는 것보다. 사실을 알고 죽음을 받아들일 수 있게 해 주는 것이 더 옳았다는 생각이 든다.

나에겐 바람이 하나 있다. 그건 내 마지막 순간에 그 어떤 거짓말도 듣지 않는 것이다. 나를 위한다는 선의의 거짓말도 싫다. 마지막 순간까지 거짓말을 듣느니 차라리 "널 미워했지만 그나마 남은 정이 있어서 왔다. 잘 가라"는 말을 듣는 게 더 낫겠다.

누가 '선의'는 착하다 했을까? 꼭 착한 사람 이름 같아

사람 때문에 답답했던 마음은,
가을 하늘을 보면 이해되는 수가 있다.

옥상에서 끝없이 높은 하늘을 보며,
"그래 내가 이해해버리자"라고 말이다.

그건 참 이해가 되진 않지만,
이해되어버리는 일이다.

## 올바른 위로가 무얼까?

참 오랜 딜레마다. 사람마다 각자 다 다르고, 그래서 느끼는 것도 각자 다 다를 텐데. 올바른 위로 방법이 있기는 한 걸까? 보통 힘들어하는 친구가 이러이러해서 힘들다고 하면, "야 넌 나에 비하면 양반이야 나는 말이지……"라며, 내가 더 힘들었다. 또는 내가 지금 너보다 더 힘든 상황이다. 라며 역으로 하소연을 듣게 된다. 이렇듯 더 나쁜 상황을 일으키며 상대적 위로를 하는 방법은 내 생각엔 좋은 위로 방법은 아닌 것 같다.

마치 '넌 왜 그 정도로 괴로워하냐?'라는 말과 같다. 그 말을 들은 사람은 '맞아 난 왜 이 정도로 괴로워하지?'라고 결국 자책감을 느끼게 된다.

그렇다면 어떤 위로가 좋은 위로일까?

5년 전 참 안 좋은 일이 많이 일어났다. 왜 꼭 안 좋은 일은 겹치는지. 그래도 난 어른이니 무덤덤하게 별일 아닌 것처럼 받아들이고 있었다. 몸도 마음도 지치고 지쳐서 더는 버틸 수 없었을 때. 상사에게 직격탄을 맞았다. "넌 이렇게 해서 일이 진행되겠냐?" 내가 여태 회사를 위해 희생한 것은 모르나 보다. 그리고 그 날이 월요일이란 사실이 숨이 막혔다. 당장 내일이라도 월차를 쓰고 쉬어야 할 판인데. 오늘 욕먹었다고 바로 월차를 쓰네? 라는 소리를 들을까 봐 억지로 다음 날도 출근했다. 어찌어찌 금요일까지 버틴 내가 장했다. 술 한 잔 생각나 친구에게 전화를 걸었다.

"야 바쁘냐? 오늘 시간 되냐?"
"오늘? 오늘은 약속 있는데. 왜 뭔 일 있냐?"
"없다. 그럼 내일 술 한잔하자"
"뭔 일 있네. 이놈"
"없다니까. 내일 보자"
"그래 올 거면 빨리 와라"

파주에 사는 친구 우태를 보러 토요일 일찍 출발했다.
친구는 마중을 나와서 기다리고 있었다. 나를 보자마자 일단 갈 곳이 있으니까 자기가 운전한다며. 운전대를 잡고는 파주에 있는 임진각으로 데려갔다. 그때 처음 본 임진각은 아름다웠다. 넓은 초록 언덕에 바람개비들이 가득했고. 바람에 바람개비들이 쉴 새 없이 반짝이며 돌아가고 있었다. 바람을 좋아한다는 허세 가득한 나의 감성을 채우기 충분한 곳이었다. 이게 뭐라고 풍경 하나에 가슴이 뻥 뚫렸다. 난 친구에게 말했다.

"야. 가슴이 뻥 뚫린다. 좋다 여기"

"그치 예전에 부모님을 모셔왔는데 그렇게 좋아하시더라고"

"우태야 하늘 그네 타자. 저기 놀이공원 있네."

"누구랑? 너랑 나랑?"

"응 타자 너랑 나랑"

"싫어. 소름 끼치는 소리 하지 마"

"언제까지 남들 눈치 보며 살래. 난 하늘 그네를 타며 자유를 느껴보고 싶다."

"그럼 너 혼자 타. 난 구경할게"

"안 돼. 그건 창피해"

"언제까지 남들 눈치 보며 살래."


그날 우린 언덕 옆에 있는 작은 놀이동산에서 남자 둘이서 하늘 그네를 탔다. 타다 보니 재미가 붙어 바이킹도 탔고, 회오리 감자까지 먹었다. 또 사진사가 되어서 폼 잡은 날 찍어 주었다. 그날 늦게까지 곱창에 술을 마시며, 고등학생 때 같이 관악부를 했던 이야기로 밤새 떠들었다.


그 긴 하루를 보내는 동안 굳이 내 힘든 이야기를 털어놓지는 않았다. 꺼내지 않으니 굳이 친구도 묻지 않았다. 대신 그날 바람 부는 임진각 언덕에 털어놓게 해주었다 생각한다. 또 우리가 늘상 나누던 시시콜콜한 농담으로 잠시 잊으라 일러 주었고, 술잔에 따른

독한 소주로 인생은 원래 쓰다 일러 주었다.

　이것이 내가 배운 좋은 위로다.

　내가 위로하려 하기보단, 위로가 되는 장소에 함께 있어 주는
일.

　웃음 속에 묻어버리는 일. 그런 일.

겨울이 끝나 가는데. 힘든 시절 다 잊었는지 주변 사람들이 이별을 한다. 그렇게 단단하던 커플이 너무나 허망하게 서로 다른 길을 걷는단다. 내 호기심 따위를 해결하려. 왜 손 놓았냐고 묻지 않았다. 헤어졌다는 말에 "그래 그럴만한 이유가 있었겠지 술이나 한잔하자"라고 약속만 잡았다. 참 애석하다. 그리 단단하게 쌓아 올라가던 친구들이 무너지는 걸 보면. 보이는 것이 전부는 아니구나. 사랑이란 것이 쉬운 것이 아니구나. 하는 생각이 들기 때문이다.

나이를 먹을수록 타인에게 '힘들다'라고 털어놓는 일이 참 어려운 일이라 느낀다. 입이 가벼운 사람에겐 더더욱……. 그래서 요즘 어떻게 지내? 라는 질문에 "괜찮아요." "뭐 그럭저럭 잘 지내죠."라고 팥 없는 붕어빵을 건넬 뿐이다. 나이를 먹을수록 점점 더 그렇게 느껴지는데. 그래서 그런지 나에게 고민을 털어놓는 사람들이 참 고맙게 느껴진다. 한때는 나에게 의지하려는 사람들이 귀찮았었는데. 사실은 고마운 일이었다.


요즘 어떻게 지내?

## 갑자기 나타나는 사람들

내가 힘들 때 위로해주는 친구보다,
내가 잘 됐을 때 진심으로 축하해주는 친구가
좋은 친구라는 글을 읽은 적이 있다.
연민을 갖는 건 쉬워도 질투를 버리긴 어렵다고.

그 말도 공감이 가지마는
슬플 때 불쑥 나타나 위로하고,
기쁠 때 불쑥 나타나 축하해주는 친구가,
과연 친구라고 할 수 있을까?
그마저도 고마운 일이긴 하지만,
그건 지인에 가깝다는 생각이다.
친구 사이란, 내 결과 여부보단
성공과 실패의 과정을 사심 없이
묵묵히 응원해 주는 사람이 아닐까 싶다.

우울한 감정을 낭만으로
해석하는 바보가 될 필요가 있다.

파주 임진각(2017년 봄)

## 내가 혼자 있을 때

가슴이 답답할 때는 사람 대신, 비가 오면 그걸로 충분하다.

외로울 때는 눈이 오는 게 어울리고,

울적할 때는 밝은 달이 어울린다.

기분 좋을 때는 바람까지 불어주면

지금 나 혼자인 것이 오히려 더 감사하게 느껴진다.

온 세상이 나를 위한, 마치 내가 주인공이 된 것 같은 그런 느낌.


난 늘 조연이라 생각하며 살았다.

그저 잘난 사람들 옆에 서서 그들을 빛내주는 그런 존재

하지만 내가 혼자일 때, 비로소 난 주연이 된다.

나만의 시나리오를 써 내려가며, 나만의 영화를 찍는 일.

혼자 있을 수 있을 때,

나는 비로소 주인공이 되고, 사람들은 조연이 된다.


봉준호 감독이 제92회 아카데미 시상식에서 감독상 수상 소감을 밝힐 때 "어렸을 적 영화 공부를 하며, 항상 가슴에 새겼던 말이 있다"며

'마틴 스코세이지Martin Scorsese' 감독의 말을 인용했다.

'가장 개인적인 것이 가장 창의적인 것이다'

'The most personal is the most creative'

슬픔에 빠지는 일은. 아이 일 적 나를 한 걸음
떨어져 바라보는 일이다.
혼자 뛰다 넘어져 울던 그때의 나를.
그저 남의 일처럼 어른이 되어 구경하는.
어른이란 그렇다.
슬픔에도 거리를 둔다.
눈물을 흘리면서도 당장 내일 출근해 할 일을 걱정하는.
그러다 거래처 전화가 울리면 마치 언제 그랬냐는 듯이
뚝 그치며
"아~ 네~ 사장님~ 그 건은 제가 다시 검토해보고
연락드릴게요."라고 하는.
어른에게는 우는 건 그저 감정과 의식을 따로 구분
지어놓고 행동하는 일이 된다.


마음 놓고 울지도 못하는 어른들

네가 책을 읽다 지칠 때
내가 너의 책갈피가 되어야지.
네가 짊어지고 있는 과거와 미래의 사이에서
그 무게를 느끼며 너를 이해해야지.

지금은 멸종됐지만 17세기에 '도도Dodo bird'라는 새가 있었다고 한다. 덩치는 칠면조만큼 컸고 인도양 '모리셔스Mauritius'라는 섬에 살았었는데, 사람들은 그 새들에게 '도도'라는 이름을 지어주었다. ('도도'라는 말은 포르투갈어로 '어리석다'는 뜻이다) 그런 이름을 지어준 것에는 따로 이유가 있었다.

이 새는 '모리셔스'섬에 살았는데, 그 섬에는 천적도 없고 열매가 주식이다 보니 날아서 도망치거나 사냥할 필요가 없자 날개가 퇴화하고 만 것이다. 그 후 1505년에 포르투갈 사람들이 섬에 들어오면서 새들을 잡아먹고, 배를 타고 들어온 쥐들이 알까지 다 먹어버리는 바람에 멸종되고 만 것이다.

사람도 마찬가지로 상대방에게 "날 만나려면 나에게 모리셔스 섬이 되어줘"라며 '도도새'가 될 수도 있고, 또 "난 널 사랑하니까 뭐든 다 해줄게"라며 '모리셔스 섬'이 되어 줄 수도 있다. 난 둘 중 누가 더 잘못하고 있냐고 묻는다면 후자인 '모리셔스 섬'이라고 말하고 싶다.

올바른 사랑은 동등한 입장에서 이뤄질 수 있다고 생각하는데, 한쪽의 무조건적인 사랑은 상대를 '자만하게' 또 '안일하게' 만들어

버리고 더 나아가 '교만하게'까지 만들어 버린다. 결국, 곁에 붙잡아둘 수 있을지는 몰라도 그건 절대 올바른 사랑이 아니다.

오늘 출근길. 비둘기가 사람들을 보고도 도망을 치지 않고 유유히 걸어 다니는 것을 보며, 이것도 진화인가 하는 생각과 함께, 과거 '내가 누군가를 병들게 하진 않았을까?' 또는 '난 이미 도도새가 되어 날 책임져줄 또 다른 모리셔스 섬을 찾고 있는 것은 아닐까?'라는 생각이 들었다.

저 열매 좀 따줘. 날 좀 책임져줘

## 입춘立春

살다 보면 너무 선명해서 현실이란 착각이 드는 꿈을 꾸기도 한다. 난 간혹 꿈을 꾸면 그것이 꿈이란 걸 어느 정도 눈치채는데, 그 당시 꾸었던 꿈은 주변의 색감이라든지 움직임이라든지 모든 게 너무도 사실적이어서 꿈이라 생각하지 못했다.

그 꿈에서 난 생뚱맞게도 토론토에 사는 평범한 천문학자였고, 천문대에서 밤하늘을 관찰하던 도중 소행성이 지구를 향해 다가온다는 사실을 알게 됐다. 그리고 그 소행성의 궤적을 분석한 나는 3일 뒤인 2월 4일 밤 12시 17분에 지구와 충돌한다는 것을 알아낸다. 난 이 사실을 급히 아내에게 알리려고 수화기를 들려는 데, 고민에 빠지고 만다.

지구의 종말을 알게 된 유일한 존재인 내가 과연 그 사실을 알리는 것이 옳은 일일까? 아내를 포함한 세상 사람들이 온통 혼란에 빠지고 말 텐데……. 하지만 난 결국 부인에게 말하고 말았다.

"여보, 우린 같은 날에 태어나 같은 날 떠나게 생겼소."

"무슨 말이에요?"

"3일 뒤인 2월 4일에 소행성이 지구로 떨어진다오."

"그래서요?"

"아니 종말이 오는데? 아무렇지도 않소?"

"난 또 뭐라고! 당장 다음 달 카드값이나 걱정하세요! 정신 차리세요!"

꿈속 아내의 호통에 잠에서 깼다. 그날은 일요일. 늦은 오전 눈을 뜨니 창틀에 서리가 껴있었고. 핸드폰을 보니 기억도 못 하는 쇼핑몰이나 미용실에서 생일을 축하한다며 세일 쿠폰을 보내온 문자가 쌓여 있었다.

그렇다. 오늘은 2월 4일. 내 생일이다. 그리고 나와 생일이 같은 그녀에게 1년 만에 다시 연락할 핑계가 생긴 날이기도 하다.

살다 보면 운명일지도 모른다는 착각에 빠지는 일들이 간혹 생긴다. 생일이 같다든가 또는 예상치 못한 장소에서 자주 마주친다든지 "이건 정말 운명이 아닐까?"라며 친구에게 자랑할 정도의 우연이.

그런 우연이 우리에게도 생긴 것이다. 우리는 생일이 같았다. 그때 얼마나 호들갑을 떨었는지……. 그래서 더 호감이 갔었고. 더 이어가 드라마틱한 결과를 연출하고 싶었지만. 내 마음과는 달리 깊은 사이로 발전하진 못했다.

뒤늦게 알게 된 사실이지만, 생일이 같은 건 생각보다 흔했다. 생일이 같은 가능한 가짓수는 366(윤년)개이므로 366명 이상의 사람이 모인다면 비둘기집 원리에 따라 생일이 같은 두 명이 반드시 존재하고, 23명 이상이 모인다면 그중 두 명이 생일이 같을 확률은 1/2를 넘는단다. 즉, 50명이 모이면 생일이 같은 사람이 한 쌍 정도는 있다는 것이다. 주변에 보이지 않았던 이유는, 굳이 생일을 묻고 다닐 이유가 없기에 아직 만나지 못한 것일 뿐이다.

이 사실을 알고 나서도 굳이 그녀에게 말하지 않았다. 그나마 생일이 같다는 우연이 우리를 간신히 이어주고 있는데, 그마저 끊어진다면 정말 인연이 끝나 버릴 것 같았기 때문이다. 지금 생각해보면 난 아직 미련을 버리지 못했다.

수많은 사람이 드라마틱한 만남을 기대한다. 모든 역경을 이겨낼 수 있을 것 같은 운명적 만남. 하지만 그 운명이라는 것은 확률적으로 따지면 나와 그녀의 생일처럼 흔한 일일 수도 있다. 그런데도 외로운 사람들은 자신의 직감을 믿고 싶어 하고, 이것은 운명이라며 그 우연이 가져다준 희소성에 매료되어 사랑이라 믿는 것이 아닐까 싶다.

· · ·

늦은 저녁 전화를 걸었다. "생일 축하해"로 시작해서 "정말 신기하지 않아 오빠? 생일이 같다는 거? 아무리 생각해봐도 신기하다니까"라는 그녀의 말에, "그러게 신기해"라며 능청스레 진실을 숨기고 내년에도 연락할 핑계를 지킨다.

꿈에서 난 지구가 소행성과 충돌한다는 사실을, 아내에게 말하길 망설였던 이유를 이제야 알겠다. 생일날 지구와 충돌하려던 행성은 진실을 감추던 내 마음이었고, 그 사실을 아내에게 알리는 순간, "우리 사이 별일 아니었네?"라며 시시한 이슈로 끝나는 것을 걱정했던 것이다.

그래 더는 숨기지 않겠다.
'임금님 귀는 당나귀 귀'를 외쳤던
'복두쟁이'처럼 이제야 진실을 알리고 마음을 덜어낸다.

"여러분! 곧 소행성과 지구가 충돌합니다! 2월 4일이 생일이신 분은 축하합니다. 행성과 운명이네요"

# 번역가

최근 출판 일을 하는 지인을 만나서 밥을 먹었다. 그는 주로 외서를 번역해서 국내에 출간하는데, 문장 하나 때문에 반나절을 고민하고 있다고 했다. 외서를 번역한다는 것이 그 나라의 정서와 작가의 의도를 이해하고 해석해 앞뒤 문장을 이어붙이는 일이라, 그 나라와 작가를 잘 알지 못하면 어려운 일이 될 수밖에 없다. 해서 유명한 작가의 경우 자신을 잘 아는 번역가와 자주 호흡을 맞춘다고 한다.

연애도 그 번역의 일면과 닮았다는 생각이 든다. 서로 다른 삶을 살아왔던 사람들이 만나서 서로 알 수 없는 언어들을 주고받지만 결국, 서로에게 유일한 번역가가 되어 나를 가장 잘 이해하는 단 한 사람이 되어가는 것이.

예전 어떤 방송에서 노부부를 보았는데, 할머니에게 "다시 태어나도 할아버지와 결혼하시겠어요?"라고 묻자 할머니께서 버럭 화를 내시며 "그럼 다시 결혼해야지! 다른 남자 만나서 처음부터 어떻게 다시 맞춰! 난 못해!"

나이를 먹을수록 사랑의 개념이 달라진다. 사랑은 언제나 입안에 단 사탕 같고, 일곱 색깔 무지개처럼 꿈꾸듯 아름다운 일들의 연속이라 생각했는데, 이제 '평생 맞춰가는 일'이라는 말이 이해가 된다. 정말 평생 맞춰가야 하는 일이라고 하면 양보만 하며 살아야 하는 일로 들리지만, 한 권의 책을 번역하는 일이라 생각한다면 나름 보람된 일이 아닐까? 내 인생 마지막 순간에 내가 평생 번역해 온 사람의 손을 잡고, "어떻소. 당신을 번역한 이 책이 마음에 드시오?"라고 묻고 그 돌아오는 대답에 나, 눈을 편히 감을 수 있다면 내 인생 후회는 없을 것이다.

난 누구의 일생을 번역하게 되고
난 누구의 책이 될까?

가끔 조카를 보면 천재가 아닐까 하는 생각을 한다.
어쩜 이렇게 한글을 빨리 깨우칠까?
수학은 신기하게도 잘 풀어!

한 문제 한 문제 맞힐 때마다
신기해서 누나를 불러
"진짜 천재 아닐까? 서울대를 보내야겠어!"
라고 말했다.

그리고는 조카에게 물었다.
"넌 커서 뭐가 되고 싶니?"

조카의 대답은 의외였다.
"난 물먹는 하마!"

누구든 그랬겠지만 나도 방황하던 시절이 있었다.
이런저런 크고 작은 사고를 치고 다녔는데.
그때 부모님은 나에게 "나중에 뭐가 되려고 이러냐.
하나도 쓸모없는……" 이라는 말씀을 하셨다.
그 뒤로 백번 넘게 칭찬을 들어도, 그 말이 잊혀지지가 않는다.

아마도 칭찬은 당시 성과나 감정에 이끌려 순간적으로 하는 말이고.

"쓸모없는……" 이라는 말은 나를 오래도록 지켜보며 평가한 말 같아서.

스스로가 영원히 쓸모없는 사람이 되어버린 걸까 하는 생각을 갖게 되어서 그런 것 같다.

뭐 이제 와서 새삼스럽게 "왜 그때 절 이해하지 못하고 그렇게 말씀하셨나요!"라고 부모님을 원망하진 않는다. 다만 난 조카를 만날 때마다 몰래 말해준다.

"지수야! 하마가 못되어도 돼, 그래도 삼촌은 너를 좋아할 거야"

사랑한다면 상처 주지 않아

엄마는 오이 팩을 한다고 오이를 얇게 썰고 있었고,
누나는 그 옆에 누워 엄마가 썬 오이를 하나씩
주워 먹으며 드라마를 보고 있었다.
아빠는 드라마가 지겨우셨는지
뉴스 좀 보자며 채널을 돌리셨고,
돌아간 채널에 엄마와 누나는 비명을 질렀다.
난 그런 모습에 한숨을 쉬었지만,
지금 생각해보면 그때가 행복이었다.

이제 우리 가족은 서로 멀리 떨어져 있어,
명절에 모이면 서먹서먹한 사이.

싫은 건 아닌데……,
너무 사랑하는데……,
이젠 서먹서먹한 사이.

그런 사이

## 겨울 속 봄

　겨울이 오면 늘 떠오르는 라디오 사연이 있다. 아주 오래전 라디오에서 들었지만, 아직 선명하게 기억에 남아있다. 아픈 할머니를 모시고 살던 가족의 이야기다.

　할머니는 오랜 지병으로 이제 병원에서도 가망이 없다고, 곧 마음을 준비하라며 집으로 보냈다고 했다. 그런 할머니는 가족들에게 '이제 겨울이 가고 봄이 오면 떠날 거야'라고 하셨단다. 가족들은 그 말을 듣고 고민 끝에 '겨울이 가고 봄이 와도, 우리 겨울인척하자'하고는, 봄이 되어서도 가족들은 외출했다 들어갈 때면 문 앞에서 겨울옷을 걸치고 들어가서는 능청스레 '이제 눈이 올 건가 봐요. 날이 너무 춥네~'라며 연기를 했단다.

　그 노력 덕에 할머니는 봄이 지나 가을이 오고 나서야 세상을 떠났다는 것이다. 나에겐 이 라디오 사연이 그 어떤 이별보다 아름다운 이별로 기억에 남아있다.

　할머니는 정말 몰랐던 걸까? 아니면 알고서도 모른척하신 걸까? 누군가 내가 떠날 때 이렇게 붙잡아 준다면, 난 가장 행복한 마음으로 지옥의 문도 열 수 있을 것 같다.

오늘 하늘은 유난히 예뻐 당신에게 보여주고 싶다.

노을에 붉게 물든 저 하늘을

가끔 뉴스에 등장하는 백 년 만에 떨어진다는 유성Meteor이라고
해도,

매일 물드는 노을만큼 아름답지 않다.

당신도 백 년 만에 떨어지는 유성을 찾기보단

매일 물드는 노을의 영롱함, 그 사소한 행복을 느꼈으면 좋겠다.

평범한, 하지만 늘 곁에 있는 아름다운 것들을

나와 하나씩 깨달아 간다면 더 바랄 게 없겠다.


곁에 있는 행복

우리에게 상처를 주는 것은 사람이지만,
그 상처를 치유할 수 있는 것도 사람이니,
우린 또다시 믿어보는 수밖에.

*Dear you*

솔직하고,

진실한 마음을 담아 _____ 에게.